洪金鳳——著

36年,我在海軍的美好時光

一位資深員工
　親筆寫下屬於她的海海人生……

推薦序一

海軍，是個人才匯集、溫暖與戰力兼具的軍種～～

欣聞本軍技術學校聘雇人員金鳳，要為她 36 年的海軍歲月，心有所感，刊登於國內各大報章雜誌的作品集結成《36 年，我在海軍的美好時光》乙書，身為海軍家長的我，深感歡喜。

尤其知道金鳳在工作之餘，運用個人下班及平日休假時間，至中山大學碩士專班就讀，又因認真學習，兩年內就已完成碩士學業，個人深表感佩，也覺得金鳳求學的積極態度和精神，是值得本軍官兵學習效法。

全書區分成人物篇、艦艇參訪篇、海軍小日子篇等三篇，記錄著金鳳在服務海軍的歲月裡，生活中所遭遇的人事物，每篇小品都以淺顯易懂的文字表達，讓人感到親切溫馨，同時也傳遞著正向思考的積極能量，吸引著我看完乙篇就想接著再看乙篇，令人愛不釋手，相信讀者會喜歡。

金鳳目前服務於海軍技術學校，負責行政工作，平日就非常熱心，主動利用其寫作及行銷傳播專長，為學校人員及海軍單位報導相關活動，從書中我看到一位資深員工愛海軍、支持海軍的熱忱，也從書中為同仁撰寫的故事裡，見證到「海軍，是個人才匯集、溫暖與戰力兼具的軍種」，希望海軍的同仁都能和作者一樣，在海軍的港灣裡，同感幸福與美好。

海軍司令　劉志斌

110.01.01

36年，我在海軍的美好時光

推薦序二

每一個文字都是一種感動～～

欣聞金鳳要出書，身為她報考中山大學行銷傳播研究所推薦人的我，與有榮焉。

和金鳳因友人而結識，因為她的好學態度及積極進取的精神，讓我樂意為她撰寫報考研究所的推薦信，而金鳳也不負師長及個人所期望，認真用心，在兩年內完成了碩士學資。

原本就喜歡寫文章的金鳳，時常把日常見聞與心有所感事物，藉由文字展現出來，每個小故事都充滿溫度，讓人感同身受，受益無窮，也因為她的文章見報，為社會許多角落增添光明面。

此次出書《36 年，我在海軍的美好時光》，閱讀書中每一篇人物撰寫或海軍見聞，都讓人能夠從這些文字中，看到海軍的現況及發展，也經由金鳳的介紹，讓讀者了解到海軍的各個角落，都有令人感動的故事發生，真的是一本值得讀者細細品味的作品。

我不是海軍人，但經由金鳳的文字牽引，我似乎也走進了海軍，看到海軍健兒乘風破浪衛海疆，不畏辛勞出任務的勇敢畫面了。

深深推薦這本書，希望大家跟我一樣，共同支持海軍，支持金鳳的文字，讓社會有溫度，人間有美好。

國立高雄師範大學理學院院長　洪振方
110.01.01

推薦序三

　　金鳳，是我在中山大學行銷傳播管理研究所的指導學生，兩年多的相識，看見她性格中樂觀、積極、慷慨、堅韌、以及不斷自我突破的特質。她設定目標，一定按部就班、付諸實踐；她面對挑戰，一定怡然應對、勇往直前。她不但對工作與學習充滿熱情，也對所接觸的人事物展現細微的觀察，並且慷慨付出。金鳳經常與我分享她在報章雜誌所發表的文章，我總能從她樸實精鍊的文字中看見她對生命的體察與關懷。因此，當金鳳告訴我要將過往所累積的文稿整理出書，我不但感到欣喜，更樂於為序推薦。翻開這本書，你將會走進金鳳服務 36 年的海軍生活，看見許多充滿感染力的生命故事；相信你也會受到感動和激勵，熱情擁抱周圍的人事物，認真的譜寫出自己的生命篇章。

國立中山大學行銷傳播管理研究所副教授　鄭安授
110.01.01

36年，我在海軍的美好時光

自序

　　距離我的第一本書《每一天，都有美好的發現》出書時間（民國 100 年 1 月），至今已過 10 年，原本沒有再出書的打算，但由於這 10 年的人生變化很大，在海軍工作的年資已 36 年的我，歷經許多生活及職場事件，再加上文章見報的篇幅累積日多，才讓我想要利用出書的方式，把所有在海軍的所見所聞及遇到的好人好事好風景都藉由文字展現，讓所有不認識海軍，不了解海軍的人，都可以從書中的人物撰寫、艦艇參訪、職場見聞裡，了解到海軍是個人才匯集、與時俱進的軍種。

　　我的海軍歲月啟始於民國 74 年，第一個單位是海軍第二造船廠（現在更名為馬公後勤支援指揮部），在所轄公共工程組擔任評價聘雇人員，工作 5 年後，和同單位的海軍軍官結婚而移居高雄，幸運的是還可以在高雄的海軍兵器學校延續海軍的工作，雖然人在異鄉，但海軍有許多熟識人員，所以我不但沒有恐懼感，反而有安心的感覺。

　　民國 85 年 8 月 1 日幾個軍事學校（含兵器學校）合併成海軍技術學校，我依舊幸運，能夠成為合併後的正式員工，一直穩定工作到現在，而且還在此完成空中大學學士及中山大學碩士學資，很令人感恩。

　　在海軍 36 年的歲月裡，我看到軍職人員的來來往往，也見證到他們初入海軍的青澀與歷練軍旅多年後的成熟穩重模樣，其間，我結識許多惠我良多、提攜照顧我的長官朋友，也和許多同事成為莫逆之交，我幫許多人寫故事，也因為書寫故事而結識許多不同領域的文友，他們的故事都融入

到我的故事裡，我的海軍人生因為有你（妳）、有他（她），才會變得如此不平凡。

　　就讓這些令人感動的故事，豐富大家的心靈，願這本書的產製，能帶給大家一個不同的海軍視野，一種不一樣的美好連結。

洪金鳳

寫於 109 年歲末感恩的季節

36年，我在海軍的美好時光

目錄

36年，我在海軍的美好時光

參、海軍小日子篇……………………………171

36年，我在海軍的美好時光

壹、人物篇

海軍最美麗的風景是人

人生的意義不是物質的獲得，
而是心靈的豐富

　　這故事有點久遠，但它是個真真實實發生過的故事。

　　這是一個純樸的澎湖囝仔福哥投筆從戎的故事，故事的啟始在民國 75 年的夏天，地點在澎湖縣西嶼鄉。福哥因為就讀西嶼國中時，參加童子軍，和教導他的王平生老師培養了良好的師生之情，由於老師有著深厚的愛國情操，於是在他的啟發與鼓勵之下，加上漁村經濟狀況不好的家庭環境，福哥和幾位同學為減輕家裡負擔，便以滿腔熱血，報考離家甚遠、海峽相隔，位於高雄鳳山的中正預校，獲得錄取後，就開啟了他將近三十多年的海軍軍旅生涯。

　　福哥說他海軍官校畢業後，任職過許多不同性質的單位，風來雨去、水來浪打的，每一種職務都賦予不同的責任與意義，因此他總是端出「最投入、最用心」的一面，為各項工作的問題與困難，找到解決的方法與出口。

　　我問他：「服役這麼久的時間裡，你有沒有遇到一些乖張難以駕馭的同仁？」他說：「任何地方、任何工作，都會存在不同觀點的人，但我的理念是以完成任務為主軸。等我漸漸擔任主管職之後，同仁們做得好就給予鼓勵，做不好的，我也少以責罵方式對待，從觀念與想法上溝通，代替大聲責備。在我擔任領導職之後，跟同仁們站在同一陣線上，一起同心協力完成任務是我最大的期許。」聽到福哥的說法，與之前聽他部屬對他的評價相符。

36年，我在海軍的美好時光

　　「人生的意義不是物質的獲得，而是心靈的豐富」這是福哥的人生座右銘，他說他總喜歡在公務之餘，回到澎湖鄉居，在單純的生活與無憂的心靈裡享受片刻的幸福人生，心靈充電後，再回到工作崗位，為海軍的發展而持續努力。

　　和福哥的談話中，我似乎聽到這句話——「only you can change your life」（只有你可以改變你的人生），由於當年正確的軍旅選擇，成就了他今日得以自我掌握、心靈富足的有意義人生，我為他的正確選擇歡喜喝采。

那些山裡來，海裡去的日子

「經歷過與海為伍的日子，才知道大海的遼闊與包容，以及航向未知的情境與危機；攀爬過一座一座的大山，才明白原來山是如此寬闊與偉大無邊，而山海永遠都在，你不前往就永遠不會明白。航海與爬山，讓我發現原來人類的渺小是來自於眼界的短淺，沒有經歷過，你就不會知『道』」，這是我和多次跟隨海軍艦艇執行敦睦邦誼任務，工作之外又喜歡與高山為伍的江毓鉉談話時，他對山海的詮釋。

看到現今成熟穩重、走文青路線、凡事處理得當，已是中年主管的毓鉉，與人談話時，態度真誠與柔軟，談笑風生時，自信有活力，連眼睛都在笑，親切感十足，讓和他對談的人感受到的不是人前人後，而是樸實無華，他為人解決問題的性格，讓人特感欽敬。

從年輕時就認識他的我，一直以為他生來就是「一生順遂，無風無浪，山海無礙」的人。他讀出了我心中的想法，向我緩緩道出其實他是遇過大風大浪的人，只是在風浪之中，如何做心理調適，如何悟出趨吉避凶之道，如何以更堅定不被打敗的心與毅力，來面對迎面而來的挑戰，他說：「過去我曾遇到過找我麻煩卻不會照顧部屬的領導者，不但當面數落我，還把我辛苦工作的成果批判一番，讓我心灰意冷，不知何處是歸途，後來還好有另一個長官『看』見我的付出與才能，雪中送炭，多予關懷，才讓我即將熄滅的熱忱，再度重燃起來，之後加上自己不服輸的個性，努力向學，認真工作，歷練過各種不同的職務，今日才能走到這個主管的位置來。」

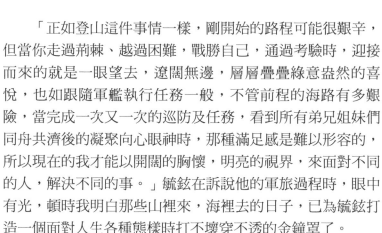

　　「正如登山這件事情一樣，剛開始的路程可能很艱辛，但當你走過荊棘、越過困難，戰勝自己，通過考驗時，迎接而來的就是一眼望去，遼闊無邊，層層疊疊綠意盎然的喜悅，也如跟隨軍艦執行任務一般，不管前程的海路有多艱險，當完成一次又一次的巡防及任務，看到所有弟兄姐妹們同舟共濟後的凝聚向心眼神時，那種滿足感是難以形容的，所以現在的我才能以開闊的胸懷，明亮的視界，來面對不同的人，解決不同的事。」毓鉉在訴說他的軍旅過程時，眼中有光，頓時我明白那些山裡來，海裡去的日子，已為毓鉉打造一個面對人生各種態樣時打不壞穿不透的金鐘罩了。

步行環島的感動

今年年初決定以 14 天時間完成徒步配合搭車環島（環台一周）計畫的秋田，七月下旬開始實現他的計畫。

他的執行力讓我佩服，因為如果是我，可能走一天就差不多了，何況是 14 天的長期步行，其中的甘苦非身歷其境不得而知，那樣的行動需要很強的毅力與堅持力才能完成。

家住府城的他，以台南為第一站開始行走，當時正值夏日氣溫炎熱時刻，在冷氣房裡的我們都還覺得熱，而秋田是頂著豔陽，汗流浹背地在向目標前進，一步一腳印，每到一個定點打卡後，就有熟人或好友前來打氣或為他致上祝福，還有提供飲品或和他一起短暫相聚後，他又往他接下來的路程前進。

秋田會沿路在社群網路記錄自己行走的過程與心境，所以每到一個地方，就會有「不期」而遇的好友出現，大家都開心地和他留影，陪他走一段，讓他了解不管是步行的路上或是人生的旅途，他都不會孤獨，因為大家的心都和他在一起，熱忱的支持力渾厚有勁，是他勇往直前、精疲力盡時的最佳砥礪力量。

曾在海軍服役的秋田，原本就是個鐵血漢子，是做任何事都能堅持到底，不達目標絕不終止的人，退伍後依舊秉持這樣的精神，熱血勇敢地去為他的所為認真付出，這樣的精神持續，連步行環島，也能不負內心的期待，不論刮風下雨，前路難行，他都一一克服，而我則每天關注他的臉書，希望能以小小的激勵文字，為他完成人生理想，略盡棉薄之力。

36年，我在海軍的美好時光

當他一路向南轉東，過了台東，再跨越路難行的花蓮後，柳暗花明又一村地抵達了宜蘭台北，再由西部路線一路搭車兼走路回到台南時，14 天讓他的臉曬黑了，腳走痛了，人瘦了一圈，但不變的是他一貫的無邪笑容，那個齒白臉黑的秋田，似乎在向世人宣誓，只要有恆心有毅力，只要你想要，真的沒有辦不到的事。

展翼高飛，豪氣萬千

　　認識胡指揮官已經是很久以前的事了，那時候的指揮官官拜上校，年青有為、朝氣蓬勃、豪氣萬千、親切感十足。

　　後來再見指揮官是在某一年的康定軍艦艦慶，當時的劉寶文艦長邀請曾任康定艦的同仁回娘家，我們一起在艦艇上同慶，那時的指揮官已官拜少將，仍舊談笑風生、笑容可掬，和大家談天說地話海軍，一點距離感都沒有，就像鄰家的兄弟一般。

　　近期再次見到指揮官，指揮官的肩上又多了一顆星，雖官拜中將，還是不會讓部屬滋生遙遠的距離感，而是經常以走動式管理，到每個所轄單位，和同仁一起討論正在處理中的公務，或是刻正精進的計畫與政策，在明確的指導下，同仁們才有明確的方向，在預訂的期程中，完成各項任務與工作。

右五為胡展豪指揮官

指揮官說：「前人種樹，後人才能乘涼，大家別管你以後能不能有機會在樹下乘涼，我們現在只要做好當下的事，為所當為，把樹種好，細心灌溉，當時間過去，小樹變大樹，能讓後人在樹下乘涼，就是我們最有價值的付出。」這是指揮官勉勵各單位人員在從事各項工作時，不要計較要從中得到什麼，而是只求用心付出，薪傳後進才是最重要的。

　　聽到指揮官宏亮的聲音、對於同仁們殷實的期望，以及親切無官架子的態度，讓我不自覺地連結起從前對指揮官的記憶，發現現今的指揮官與年輕時期的他並無二致，反而在他身上增添的是年歲增長的智慧與事事決策得宜的領導者風範。

　　「展翼高飛，豪氣萬千」在胡指揮官與時俱進與睿智先進的帶領下，我發現教準部已成為名符其實「教育訓練皆完善、準則發展都平穩」的單位了。

壹、人物篇

己所不欲，勿施於人

　　有位平易近人、深具智慧的主管，經常跟大家分享的職場及生活理念是：「仁、體諒、同理心、將心比心、己所不欲，勿施於人」，他說對人要有仁愛之心，體諒別人的難處與不便，但若事先約法三章先予告知的事，事後犯錯礙於法令就無法妥協，另凡事不予勉強，要以同理心待人，能將心比心，就不會將己所不欲之事強諸於人。

　　聽取這些體貼人心的理念，剛好跟我的想法不謀而合，雖然我不是主管，只是職場上的一顆小小螺絲釘，但我也覺得這些理念的實踐，確實是締造職場與生活得以和諧、歡喜的來源，我在聆聽這些話的同時，心裡的手不斷地按下「讚」鍵。

　　很多的生活事件，皆肇因於小事，一個小小的火苗，稍不注意，就會釀成火災，別忽略這些小事或小火苗的力量，它們足以讓一個單位的氛圍變緊繃，一間好好的房子瞬時成灰燼。

　　主管因為歷練過許多單位的領導工作，所以對於「洞察人心，營造和諧環境」這部分，都能夠做得體貼、用心、溫暖，並站在每個人的立場去執行一些利他的政策，他常常語重心長地說：「當你事事都為團隊著想，大部分的經費都用在同仁們的身上，去關心大家，為同仁們解決困難跟問題，相信被關心的人都可以明顯地感受到，之後將一起凝聚向心，為這個單位的永續發展而努力。」

大部分的同仁去向主管反映問題或是有所請求時，只要他做得到，在他權責範圍內，他都會熱切為大家的問題找答案。主管總是反求諸己、提升自己的能力，因為自己凡事能做得好，才能鼓勵所屬朝進步之路前進，我相信在主管人性化、多元化、將心比心及己所不欲、勿施於人的良善領導下，我們的團隊將呈現的是和諧與進步。

我所認識的柳哥

　　那天離開職場的同事柳哥打電話給我：「洪姐，最近還好吧？有沒有事呢？」

　　我的回答是：「柳哥，你忘了嗎？我們之前就說過的，沒有消息就是好消息，沒事兒，就是一件好事不是嗎？」，當我說完，柳哥就展現開朗豁達的個性，在電話中哈哈大笑說：「對對對，沒錯，沒事就是好事。」

　　畢業於海軍官校的柳哥，服役軍旅二十多年，由於個性大方開朗，見多識廣，幽默感十足，因此在職場上累積了許多真誠的情誼，只要有他在的地方，都處處充滿歡笑，即使他已離開軍中多年，仍然與我們保持綿密的連繫，凝聚情感，因為生病過後的他，總覺得生命無常，要活在當下，有時間坐而言不如起而行，他覺得應該多與磁場相近的親朋好友連絡，才不生「錯過，即是永恆」的遺憾。

　　說起柳哥軍旅生涯的林林總總，總是教人嘖嘖稱奇。柳哥說：「打從讀軍校開始，我就覺得與其過嚴肅的人生，不如轉換心境，讓自己和別人都在快樂中生活，這樣的想法也延續到他任職海軍的各項職務上。不過初官時期受限於官小位卑，軍中倫理，凡事總是不能如己所想，只能依照各項規定執行任務。」、「海軍有句話說得好『船頭不見船尾見』，每隔一段時間就會依照經管調職不同單位的我們，都學會了一套如何生存的功夫，當我累積了該有的學經歷，漸漸身居要職之後，我總能以同理心來帶領學弟妹們，也因此，和許多不同年齡層的人都締造了深厚的友誼，不管走到哪裡都會有『得道相助』的力量會來給予支持。」柳哥在訴說他的軍旅過程，眼神有光，自信感十足，他還曾半開玩笑地對朋友

36年，我在海軍的美好時光

說：「我躺著都可以升上校。」

　　就在柳哥對於軍旅各項職務皆能掌控，各級長官對他的表現也讚譽有加，想要提拔他晉升上校時，無奈天妒英才，癌細胞（血癌）無情地來向他報到，正如所有被醫生宣布罹癌訊息的心情一樣，從不相信到默認，再積極接受治療，柳哥說他就是想活，想要擁有美麗的人生，所以他聽從醫囑，調整作息與飲食，並改變心態，常常自娛娛人，不過，他當年講的那句話卻一語成讖，他真的是躺在病床上做化療時授階為海軍上校。

　　以前當別人問他日子過得怎麼樣時，他還會說：「沒事，好無聊哦。」但現在年紀漸長，走過悲歡離合、看過生老病死、體會到各種喜怒哀樂後，他才明白我說的「沒事，就是好事」的道理！

　　與白血病病症抗爭多年有成的柳哥，每每在他臉上看到健康的光與微笑時，我都會為生命的堅韌與偉大而讚嘆不已。

左一為柳哥

我的另一位老師

　　海軍中校林倉玉服務於海軍技術學校，擔任作戰教學組反潛課程教授教官，幾年前他因艦艇資歷期滿，表現優異，才調任教職，擔負起作育英才，春風化雨的教育工作。由於他的專業能力強，認真用心準備教材，講授課程生動活潑，內容精湛，才能將專業教導來校受教的學員生，俟訓員結訓回到單位，都能在專業領域中奉獻所學。

　　倉玉教官是個知書達禮，勇於上進，待人謙和，嚴以律己，寬以待人的軍官，早年因父親曾服役空軍，他耳濡目染，原本立志要子承父業報考空軍，續任遨翔天空的飛官，但因視力因素限制，沒通過空勤體檢，這個因素並沒有打消他想當軍人的志願，就在轉念之間他選擇了海軍，不管服役的軍種為何，都成就了他「保國衛民，力求前進」的夢想。

　　海軍官校 89 年畢業的倉玉，在歷練艦艇各項資歷調任陸地職務後，工作態度仍保持用心認真，積極進取的熱力，擔任教官後更有學無止境，不進則退的感受，行動派的他即不斷利用時間公餘進修，前幾年已完成高雄海洋科技大學航運管理碩士學資，目前就讀成功大學海洋科技與事務博士班，不管做任何事，他都有堅持到底，全力以赴的決心，他說：「人生最重要的事就是『找到對的事情做，把事情做對』。」

　　幾乎把所有時間都用在教學工作及公餘受教上的倉玉教官目前未婚，他說父母雖然對他的婚事經常催促，但凡事抱持「隨緣」的他說：「我只想做好現在應該做的事，至於另一半的事，我想上天自有安排吧。」

希望海軍專業能力強，工作表現傑出的他，也能在人生的旅途上，早日找到屬於自己的幸福。

他是馬家人

　　我們單位調來一位高頭大馬、外型威武、皮膚黝黑的同事，有一回他到我們辦公室來洽公，由於他曾任一級艦艦長，看起來有點像是來自我的故鄉澎湖，因此我詢問他：「組長，請問您是馬公人嗎？」沒想到他給了我一個絕妙的回答，他說：「我不是馬公人，我是馬家人。」語畢，我們都相視而笑，因為他的名字是馬文中，是不折不扣的馬家人，之後，他在我心中的名字就叫馬家人。

　　對這位組長會有印象，是因為一位年輕朋友冠華的臉書，只要發布動態，他就會去回應，而且回應的內容都令人會心一笑。沒想到若干時日後，他奉調至我們單位任職，當我收到一份他可以休結訓假的公文通知他時，他竟然豁達地跟我說：「沒關係啦，我以前在許多戰鬥單位工作，很少休假，現在調來這個可以上下班的單位，我很珍惜上班的每個時間，所以這件事你通知到就好。」馬家人不計較、不在小事上琢磨的回答，讓我感動許久，也開啟了我們成為友善交流同事的源頭。

　　後來，漸漸有公務上的接觸，也慢慢了解到馬家人軍旅生涯的一切。馬家人說：「因為父親是聯勤工廠的員工，從小耳濡目染，國中畢業我就報考海軍士官學校，畢業任職不久，有感於學識不足，於是報考海軍官校正期班獲錄取就讀，在嚴格的淬煉與循序漸進的訓練中，我茁壯成長，84年正式成為海軍的一員，讓父母親及整個家族都以我為榮」、「由於我凡事努力以赴、做事認真負責，受到許多長官的肯定，才能擔任一級艦艦長，榮升上校，和官兵們融和一起，乘風破浪，完成各項巡弋海疆的任務，冠華就是我擔任

36年，我在海軍的美好時光

基隆艦艦長時的文書官。」

　　馬家人最令人欽敬的是從士官轉變為軍官後，他沒有換個位置換個腦袋，而是一本初衷、堅持到底的決心從未改變，以士官的紮根打下軍旅的基礎，以軍官的眼界與思維參與各項政策與計畫，並帶領著官兵排除萬難，讓他們安心有勇氣地執行任務，向每個會達到成功的目標啟航，我們有幸地在他完成各項職務歷練後成為同事。

　　謹以此文向馬家人及所有海軍人致敬，並以誠摯的心祝福大家軍旅順遂，未來一切安好。

戴學士帽者為馬家人

以愛之名──傳承

和好友高宏認識多年，只知道他父親高天相生前曾任美濃國中老師，兼任過高雄縣的在地記者，卻不知道他父親早年曾在艱苦的歲月中，盡己之力，幫助貧苦卻願意讀書求上進的學生，拿出積蓄只為了給他們一個求學的機會，雖然自家經濟狀況也不是很好，但他還是以助人為先，把作育英才的事擺在前面，因此，累積了許多良善的人脈善因。

這些人脈善果，後來都在成長後的高宏的見證中逐日開花結果。因為父親過世後，每每他有機會回到美濃故里探視親朋好友時，都會從認識父親的鄉人與學生口中，得知父親從前待人處事與助人為先令人敬重的義行，看到大家談起父親，眼中釋放出來的都是「感恩」與「感動」時，一股想要「傳承」父親的愛的想法，逐漸在高宏的心中萌生。

因為父親早年打下的人脈基礎，讓高宏每每回到故鄉都會處處受惠，有些不認識的朋友都是因為父親桃李滿天下的牽引而相識，知道他是老師的兒子，都自然流露出如對老師的孺慕之情，言語熱烈、眼中泛淚。

過去長年服務於海軍艦隊的高宏，時間都運用在護衛海疆任務上，忙碌不休，直至中年，任職陸岸單位，才有機會常常回到美濃，以父親之名回饋鄉里。

高老師已辭世多年，但他的學生在社會上都有優質的表現，有的任政府要職，有的回到故鄉擔任教職或校長，各行各業也都有父親嘉惠過的足跡，在父親愛的牽引下，高宏主動向現任職美濃國小校長楊瑞霞（國中同學，也是他父親的學生）表達想成立美濃國小學生獎學金，幫助家境清寒學生向學的心願。

於是從 105 年起每年只要美濃國小舉辦畢業典禮，高宏總是身著海軍雪白軍裝，除對受邀出席頒獎的重視外，另一方面也是為海軍召募盡一份心力，鄉親看到他英挺的服儀都紛紛前來打探海軍服役的林林總總，從軍不悔、助人為樂的話題此起彼落，場面溫馨感人。

　　高宏在頒發獎金時帶領著這些學生呼喊著「要認真用功讀書」、「要好好孝順父母」等話語，他希望這些國家的幼苗，能因為自己的鼓勵而奮發向上，把當年父親照顧學生的心，複製在這些孩子身上，以愛之名～～向下傳承，讓社會更和善，人與人之間因溫暖而有了善的連結。

高宏和父親

這是令人感動的故事，我在這個「人間有愛，因愛傳承」的故事中感受到溫暖與幸福～～

高宏為學生頒獎

他的海軍輪機黑手歲月

張家穎，海軍官校 85 年班，走輪機管道，從任官開始從事的就是海軍艦艇輪機修護專長工作。

以前的軍艦是老陽字號，裝備較為老舊，尤其輪機部門更是常常與油漬為伍，所以對於輪機長，海軍有另一個稱謂稱之為「老軌（鬼）」，就是因為他們要時常近距離地查看裝備，裝備有問題也要親自動手去了解，因此造就他們身上總是黑黑的，走近他們身邊都會有一陣油味從他們身上飄出來。家穎就是從海軍軍艦輪機黑手起家的，85 年官校畢業後，就從最小的官跟隨著不同時期的學長學習，才練就多年後一身修護的好功夫。

笑起來總是親切熱忱，講起話來不會官腔官調的他，已經歷練過最艱苦的實務工作，現在是高司單位業管決策與計畫等工作的主管，過去經歷的種種職務，所遇到的困難與挫折，都是他現在得以應付各項事務的養分，經驗累積越多，處理事情就越來越如魚得水，遊刃有餘。

家穎說：「我把海軍當成是我的家，所以不管調職至哪個單位，我都很用心去改善生活設施，提升居住品質，讓官兵或員工能在優質的環境中工作。」、「就是因為我們以前初官時的生活及工作環境不如人意，所以我就立志未來有能力擔任決策者時，就要好好整治這些和我們息息相關的週邊設施，才能提升工作水平，為海軍的修護蓄積能量，成為艦隊產生動力的明燈。」家穎這番言談均出自肺腑，他是真心要把應該做、能做的事做好，才不負海軍長年之栽培。

張家穎偕同全家人出遊

　　這樣說到做到，勇於負責的性格應該是來自於陸軍上士退伍的父親所傳承，家穎父親曾語重心長地告知其軍旅應時刻入心的八字箴言「如臨深淵，如履薄冰」，他就把這個八個字帶到每個職務上，依規遵令，不敢逾距，但也能心隨境轉，與時俱進，才能讓自己帶領的團隊在和諧、互助、熱忱、用心中，把工作完成。

　　我為這位努力用心、摒棄官僚作風的後勤幹部，豎手稱讚。

鏡頭下的文藝青年

曾在網路上看到一段話，覺得很有哲理「還沒走過的，是路；走過的，就是回憶了」，這段話放在喜愛攝影的許明忠身上，我給的心詮釋是「還沒拍過的，是風景；拍過的，就是作品了」。

服役近二十年的明忠，之前都是從事跟軍事新聞有關的工作，前幾年調職負責海軍忠義報編輯、攝影職務後，我因為撰寫文章投稿，才與他相識，之後，因為一些問題的交流，讓我對他有更深一層的認識。

現在每每看到他 PO 在社群網站的照片作品，我都會忍不住把手指移到鍵盤上，對他的作品按下「讚」鍵，因為不管是取景還是角度的拿捏，他都能夠把作品拍到最對位的點，採光的技巧更是把場景拍得如同讀者在現場一般。前兩年他的攝影作品曾參加國內外攝影競賽，都得到相當令人激賞的成績，也讓國內外民眾都能從生動的照片中，感受到我們國軍精實訓練的片段。

由於另一半也曾任軍職，因此對明忠的工作與攝影的熱愛，都採支持的態度，把家庭照顧好，讓他能心無旁騖地去做他所愛的事。有些工作需要遠赴外地採訪，有些則是需要早起晚歸以及等待，有些則是頂著烈陽或是刮風下雨執行，雖然過程很辛苦，但只要「做自己喜歡的事就不累」的想法發酵，他就能甘之如飴，歡喜以對。

認識多年，這位「鏡頭下的文藝青年」會讓我讚不絕口的原因是—他熱血、負責、認真、勇敢、勇於承擔，不會人前人後的個人特質，對於「做對的事總能堅持到底」的態度，更讓我欽敬不已。

我喜歡在明忠的攝影作品及熱忱的人生裡，看到海軍的美麗風景。

大智若愚，文質彬彬——他的海軍人生

看到現在表現良好、反應力佳、應對進退合宜，工作上略有成就的若彬，絕對不會相信當年就讀海軍官校時，他是年班百來個同學裡，畢業成績排名倒數第一的人。

「不能以學校畢業成績論英雄，要以後來的努力來自我肯定」，若彬自從官校畢業派職後，歷練各項職務，成為真正的海上男兒，沒有倚賴任何人，只靠自己守本分，認真提升各項專業技能，一步一腳印，踏實地向乘風破浪衛海疆的海軍路行走，之後才因為個人的表現優異，獲得各級長官的器重，委以重任，擔任救難艦的艦長。

其實一位有理想有抱負的海軍軍官，內心最期待的莫過於能夠派任軍艦艦長乙職，能夠帶領船上的官士兵，一起航行在大海中巡弋海疆，保衛國土，一起感受「同舟一命，這是我的船」的感覺，我想這應該是所有海軍軍官最有價值的依歸。

因此當若彬任職救難艦艦長的那幾年，他都以戰戰兢兢、如履薄冰、照顧部屬，完成任務的心情來帶領他的船，而部屬回應他的就是團結一致，凝聚向心，所以他說那是他軍旅生涯裡最值得記憶的重要時段，後來他到權責較高的單位工作，抱持的就是服務下屬單位，為大家解決問題的心，因此我從沒在他身上看到官僚氣息。

「將帥在外，可以無後顧之憂地衝鋒陷陣，勇往直前，為完成各項任務而義無反顧，是因為家人的支持。身為一個海軍軍官，我長年扮演的角色不是海上男兒，就是離家百里當異鄉客，慶幸的是我的家人都能當我的後盾，我才能全心全力為工作打拚」，家住高雄，現在在台北工作的若彬，每

週都要南北奔波，但他從不抱怨，他說安住其下，戮力而為，我在他身上看到了「不負過往，不畏將來」的軍人大氣指標。

36年，我在海軍的美好時光

來自海的故鄉的海男兒

　　十多年前，年輕初履軍職的他調職至我們單位和我一起當同事，那時我初見他的長相就有種似曾相識卻想不起來在哪裡見過的感覺，由於他進退有據、行事有禮，在公務的頻繁互動中，我們漸漸熟稔，也才知道原來他是我民國 74—79 年在澎湖海軍造船廠工作時的同事的兒子，在他身上我看到時間飛快的證明，也覺得能跟他們家兩代人都成為同事，是件有緣又特別的事，而在我們單位服務不久的他就因為經管規定而調職他地，十多年轉瞬間就飛快而過。

　　他是陳智維，畢業於海軍官校 91 年班，和我同鄉，是位來自海故鄉，正直樸實的海男兒。自從他 96 年調離我們單位後，我就再也沒有見過他，正如有句話說得好「往前走，日子會跟上來」，日子就這樣過了多年，近期再見到他是他完成二級艦艦長職務，即將赴任新職，在一個不經意的場合，我看到一位和十多年前氣質與自信完全不同的人，正當我懷疑眼前這個人到底是不是智維時，他向前和我招呼「洪姐，好久不見了」。

　　眼前的這個英勇挺拔、眼神裡透露出自信的人真的是智維，這真切讓我體驗到軍中訓練的成果，因為他這十多年歷練軍旅各項職務，循序漸進的自我精進與訓練，已讓當年那個稚嫩青澀的臉龐轉換成令人得以安心信任的面容，這樣的改變令人驚喜，也讓人嘖嘖稱奇。

　　閒聊之間才知道這些年，智維已擔任過各個單位不同的職務，他說不同的職務歷練就是在訓練軍職人員，能以各種不同的面向看事情，在謙卑學習、和以待人、堅持目標、勇敢迎接各種不同的挑戰之下，才能成為一個「凡事不懼，勇

壹、人物篇

者無敵」的海上男兒，他的軍旅感言讓我豎手稱讚。

　　海島故鄉孕育著許多堅苦卓絕、不怕苦難的故鄉人，也成就許多來自故鄉的海男兒，我相信以樸實為底，認真負責為前鋒的智維，一定可以為自己的海人生找到一個定錨的歸途。

智維和妻子

冠蓋相望，華光滿天

　　認識冠華的初始，曾被他憨厚又老實的外表給矇騙，以為他是個反應慢，處事不積極的人，後來經由頻繁的業務來往，從他沉著穩重的應對進退中，才慢慢發現冠華其實是個值得信任、處事靈光的人。

　　而冠華的「值得信任與處事有條不紊」其實是其來有自的。當年大學快畢業的他，是自己找教官詢問從軍的相關事項，當時教官給的建議是「軍官」職，所以他報考的選項就只有「海軍軍官」，說也幸運，他真的心想事成，錄取海軍官校專業軍官受訓一年後，他身著白軍服走出校門，調任艦艇職務，成為真正的海上帥男兒，這中間也因為一些帶過他的艦長副長的身教與言教，讓他軍旅生涯的成長超乎想像，多年後成為一個值得信任與處事有條不紊的人。

　　103 年任官的冠華，曾擔任過基隆軍艦文書官、124 艦隊人力官，現任職於艦指部人事官。冠華是個「行所當行」的人，只要當天有事沒處理完畢，晚上就會睡不著，「負責盡職、為長官及同僚解決困難」是他抱持的工作態度，他也因此而獲得大家的信任與支持。

　　我問他「軍旅生涯，有沒有印象深刻的事？」，他侃侃道來「在上船見習時，遇到嚴格的艦長和副長，艦長常利用時間教導我們待人處事的方法並多向思考，也會在閒話家常中了解我們的學習與生活適應狀況。

　　艦長說在艦艇上見習，就要瞭解軍艦的全般性，所以交待幹部將我和另一位同學（通資電官科），除了本科專業以外的部門工作都要學習，深入瞭解這艘船的動力如何運作等，也因此，我才瞭解到海軍健兒的使命與責任。

副長也同樣交付給我們一些簡單的工作，讓我們實際參與艦艇的各項作戰教育訓練，培養我們的國際觀與勇於承擔的胸懷，讓我真正明白『建設第一等海軍，培育第一等人才，拓展視野，放寬眼界』的意義，見習與任職時遇到的艦長及各級長官，都讓我在軍旅的學習路上，收穫滿滿，令人感念。」

從軍五年多，在這期間冠華遇到的貴人很多，其中有位何虹溱士官長是教導他最多的人，在他還是海軍官校學生時代，虹溱就是他的授課教官，任官後緣分延續，還派職與她同一單位，初官就像一張白紙很多都不懂，是她不厭其煩的教導，幫冠華打下基礎，現在的他，處理任何業務才能如魚得水，凡事能掌握。

回想軍旅的點點滴滴，冠華打從心裡存有感恩，過去有很多人幫助他，現在只要他有能力，他也會挺起身來，扶人一把，他說他也許還有許多不足，但在他可以的範圍內，一定會盡己之力，助人為樂，成為一個名符其實，頂天立地的海軍軍官。

勇往直前永不懈怠的黃國彥

　　海軍前幾年興起一股攝影風，一場名為「攝影的力量」的演講，陸續在各單位舉辦，主講者並不是什麼攝影名家，而是一位熱衷攝影近廿年的現役少校──黃國彥；「不了解攝影的人，未來將成為文盲」、「如果你拍的照片不夠好，表示你距離現場不夠近」，這兩句名言則是他演講時引述的開場白。

　　畢業於政戰學校專 89 年班大眾傳播科的黃國彥少校，當年畢業就留校八個月，後抽籤分發海軍，先後歷練海軍新訓中心區隊長、陸戰隊警衛連、砲兵連及海軍官校輔導長，後來因為對攝影的熱愛，為讓自己有更多便於學習攝影的機會，於是報考母校正期班新聞學系進修，過了三年無工作憂慮、專心學攝影的學生生活，這三年的國彥，除系上的課業外，也利用空堂到藝術系旁聽，吸收攝影以外的美學與觀念，休假大部分的時間不是在暗房，就是在美術館、藝廊度過，結交了許多「好攝之徒」，大家在這個專業領域上不斷精進、相互研究，「攝影」就在不知不覺中成為國彥生命最重要的一環。

　　完成正期班學資畢業後，任職過左支部二號塢輔導長、陸指部政戰官、海軍司令部政戰官、永慈軍艦輔導長、艦指部政戰官及戰隊輔導長等職務，不管調任哪個單位的國彥，在每個職務上均能奉獻所學，只要需要他照相的場合，上山出海或涉水，他都義不容辭、全副武裝地配合。

　　國彥的第一部相機是傻瓜相機，拍出來的相片及所取角度都不及格，經常被長官責難，後來他奮發圖強，用心研析，且買了人生第一台Ｋ諾單眼相機，同時為增進攝影技

藝，懂得拍攝技巧，他還到民間機構拜師學藝，當時他跟隨一位名曰「郭鏡」的老師，這位同時具有詩人身分的攝影家啟蒙了他的攝影視界，開啟他不一樣的人生。

國彥的軍旅生涯隨著職務的調動，在許多單位拍攝出令人驚豔的相片，八八風災時也跟著救援部隊前進災區，不畏艱辛困苦，為國軍單位救人助人的事跡做正面的報導，他付諸許多心力，犧牲奉獻只因對國軍的認同與熱愛，因此，民國 105 年的敦睦遠航支隊還納編他為新聞官，航程中扮演各項活動的紀實角色，能把每個階段、每個活動以不同角度拍攝出令人讚嘆的畫面，是他在航行中自詡最重要的存在價值。攝影，一直是他人生最重要的事，他說不管做什麼事，只要相機在手，安全感就來了，在按下快門的那一刻，就決定了未來的前景。

「你不堅持，別人又何必支持？」、「你不按下快門，就不會有照片」、「勇往直前，有意義的事，去做就對了」，筆者與他晤談中，國彥理所當然地道出自己的期許，就如在那年七月尼莎、海棠颱風來襲時，他跟著軍事記者，不管外面的風雨多大，他都義無反顧，前進淹水最嚴重的林邊跟佳冬，用鏡頭為水下作業大隊人員救護居民的辛勞做最真實的記錄。

拍而優而站在台上講，國彥近期蒐集世界經典新聞攝影作品以及他多年來投入攝影的心得，舉辦「攝影的力量」專題演講，目前已有許多單位邀請國彥前往分享，得到許多正面的迴響。「今天不做，明天一定會後悔」，結合興趣與職業的國彥不管從事任何工作，都有一顆正向熱忱的心及對自己深深的期許，他說能夠前進各個不同的領域，為國軍拍下值得記錄的畫面，是他從事軍旅最值得驕傲及傳頌的話題。

複製父親，投效海軍──鐵漢有溫情的黃思孝

認識思孝時，他剛從海軍官校畢業，分發到海軍技術學校任職。那時的他初出學廬，是海軍的新鮮人，臉上展露的是單純，言行之間顯現的是稚嫩，對他最初的印象只是貼心與禮貌。由於軍職人員受限於經管規定，必須歷練各類型的職務，所以和他同事八個月後，他就調職他地，偶爾遇到，也僅限於點頭寒暄，沒有進一步談話的時機。

近期因為某項事物的牽引，我們才開始有了頻繁的聯繫，也才知道原來外表大而化之，不拘小節如鐵漢一般的他，有段令人感動的從軍過程與海軍父親傳承的故事，那天他跟我提起這段往事時，還不小心真情流露，眼中泛淚，當我為他遞上拭淚的衛生紙時，還看見他的淚中有光，眼珠裡呈現的是對已逝父親的孺慕之情。

思孝說：「我從小就是個不愛讀書的小孩，小學四五年級就開始到處打工，到了國高中，我更是以打工做為我人生的首要目標，讀書只是我的副業。高中時期的我血氣方剛，全身是刺，動不動就和別人發生衝突，吵架鬧事絕對都有我的份，我就是那種傳說中父母親及教官老師眼中頭痛的慘綠少年，但當時的我從來不曾反省過」，聽到這裡，我看著身著筆挺軍服官拜中校的他，露出不可置信的表情。

「高中畢業，由於哥哥在消防隊服務，爸爸服役海軍，所以我給自己未來職業的選項是警專跟軍校。當軍校的錄取通知單寄來，爸爸知道我考上海軍官校專科班時，樂不可支，因為他原本對這個到處闖禍、讓家人擔心的兒子已不抱持希望，沒想到還可以看到我浪子回頭，選擇軍校，他感動涕淚，還擺了六桌流水席宴請親友，昭告天下，那是一種有

兒成長，從歧途轉向正途的欣慰，看著他臉上露出的驕傲感，我默默自勵要努力以赴，為父爭光」、「雖然第一年的海軍官校教育讓習慣自由的我想要退學，但由於爸爸的堅持與胡興梅、陳清茂教官的因材施教、殷切引導，才讓留級的我重拾信心，重新啟步，然後才能一路走來，軍旅順遂」思孝在述說這段成長歷程與父親對他的耐心等待時，他不禁流下男子淚。

　　「每個人的人生旅程，都可能有一個激勵或支持的力量，成為去壞變好的因子、造就旅途順遂的源由」，思孝的人生因為循著爸爸的軍旅之路（爸爸任職過的海軍職務，他也都承接過）及諄諄教誨，還有許多長官的提攜與照顧，一路走來，再憑藉著自己的努力與認真及為人著想的心，今天的他才能成為別人口中的優質領導者。

思孝的全家福（最小的小孩就是思孝）

愛海軍，把海軍軍職當成是自己的人生志業看待，並以穿著軍服為榮的思孝，複製父親，投效海軍～鐵漢有溫情的熱血故事，令人感動。

值得喝采的軍旅發展

「覺得機會少的人不會去找機會，想找機會的人比較容易看到機會，就算開始找機會時四處碰壁，但努力過後，總會開好花結美果的」看到這些富含哲理的文句，我就想到「青春歲月、黃金年華、努力向上、追求目標」的海軍女官妍伶。

妍伶生長在海軍家庭，父親算是她的大學長，因為他們父女倆都是畢業於海軍官校正期班。父親早年軍職退伍後轉換跑道成為帶領軍艦進港的領港，工作還是在海軍，妍伶長期在老爸工作的耳濡目染下，對於海軍多有瞭解，因此高雄女中畢業後，除考取民間大學外，還錄取了海軍官校。

當她選擇陽剛氣濃的海軍官校就讀時，親友們都不看好，奉勸她要深思熟慮，他們認為從軍會遇到很多困難與問題，尤其生活環境（艦艇）對於女生的適合度更有待觀察。這些理由看在妍伶的眼中，覺得不是它們都不成問題，而且天生喜歡接受挑戰的她聽到這些規勸言，反而更激發了她要接受考驗的心。決定從軍後，雖然她在官校就讀期間的每個階段都會遇到一些像要過不去的坎，但過了就雨過天青，她體會到從軍的真義是「軍旅像河流，最終會流向他應該去的方向」。

當她決定要好好的走這條海軍軍官的路線時，就不斷充實自己，不管是軍事訓練還是語文能力，只要有機會，她就爭取參加各項得以提升能力的訓練與教育，早年她還曾因為成績優異，保送台灣大學碩士班就讀，開啟了她除軍旅以外的視野與眼界。幾年前在各方面都表現良好亮眼的績效中，獲得赴美進修的機會，受訓一年返國後，在學經歷俱全及長

官的保薦下，擔任二級艦艦長。

　　我問她要如何擔任好艦長的職務，如何在茫茫大海遇到各種狀況時下決策，她語重心長地說：「艦長其實本身就是個責任的集合體。所謂危機處理的定律，不是停下來，而是邊走邊修正，在大海中遇到狀況，唯有自己無懼、態度平穩、才能助人助己、安定全船人員的心」，確實如此，我從這段談話裡也見證四年前曾與我同事的她，在各項職務的歷練後改變的心境。

　　妍伶，一位永保學習熱力與上進心、值得喝采的女性艦長，讓我感受到「只要持恆有心、專心、用心，沒有做不成的事、過不去的坎、達不到的目標。」

葉妍伶艦長

才德兼備，主動熱忱的士官長

　　曾聽過一句話「快樂的人不是因為得到的多，而是計較的少」，用這句話來形容海軍技術學校士官長教官詹瓊璋真的是適得其所，因為不管人前人後，看到的他，臉上都是掛著嘴角上揚的招牌笑容，主動熱忱，歡喜助人是他個人特質，即使自己的工作忙得不可開交，有人來找他幫忙，他是個會放下手邊工作先幫他人解決難題再做自己事情的人，他很少顯現出負面情緒，這就是他能廣結善緣，受人歡迎的原因。

　　每天的課程很多，也常常要幫學生輔導課業，但當學校裡各項電器用品損壞或故障時，瓊璋都會利用自己的時間，義務去幫別的單位，甚至於是不熟的同事維修裝備，排除困境，經他自力修護完畢的物件都完好如初，恢復正常運作，為單位節省許多公帑，而且修護完畢後從不邀功，他的精神真的令人敬佩，深為單位典範。

　　「軍旅生涯，我就任過艦艇及部隊單位，學會許多電子專業能力，加上我本身對這方面有興趣，不斷鑽研及學習，才有今日小小成果，我很感謝國軍給我一個學習成長的環境，現在才有能力為大家服務，希望被我教授的學生將來也能成為單位裡的發光體，大家一起為國家的永續發展努力不懈」。

　　兩年前才去公餘進修就讀碩士班的他，於 108 年取得碩士學歷，109 年更因學習的心再度敲門，讓他往博士之路前進，目前正於高雄師範大學進修中，他努力奮發，學而不止的精神令人敬佩。

相信海軍技術學校的學生在瓊璋士官長的教導下，應會為國軍的永續發展培育出更多更優質的人才。

選擇一條正確的路，讓人生圓滿

　　所謂「女怕嫁錯郎，男怕入錯行」，說明女子的幸福，在於選擇到適合自己對象，才能幸福快樂過一生；而男子則是找到一份適合自己的工作，讓自己潛能能發揮的職業，才能造就圓滿的人生。

　　服務海軍司令部人事軍務處的少校人事官廖書仁就是選擇正確的路，締造圓滿人生的人。畢業於海軍官校專業軍官班 94 年班的他，是位表現優異，績效卓著的行政參謀，歷練過許多基層單位的人事行政工作，處理過許多疑難難解的事件，不管人多麼難溝通，事有多繁雜，他都能以專業及耐心去溝通去解決，他說：「身為一個人事官或行政官，我都是以服務為出發點，幫人解決問題為職責，我認為能極盡所能地把維護個人權益的事做好，才是一個盡責的參謀。」

　　我問書仁「當初怎麼會來報考專業軍官班呢？」，他說：「當年我大學快畢業時，已面臨兵役問題，我問哥當軍人好不好，他說不錯，這是一條可以選擇的路，於是那年我就報考了專軍班並獲錄取，受完訓就開啟了我的軍旅生涯，至今累積多方人事行政經驗的我，工作雖忙但忙得很有成就感，我也非常感謝國軍，讓我在穩定的工作中，娶妻生子，與同任軍職的妻子擁有自己的房子，我現在的生活，只能用『圓滿知足』這四個字來形容。」對他的回答，我點頭稱是，豎指稱讚。

　　確實如此，人生能夠從事適合自己的工作，正如選擇到一條屬於自己的路一樣，目標清楚，就不必繞遠路，雖然路上可能布滿荊棘與挫敗，但只要堅持信念，必能一路順暢到底，這是我和書仁對談中找到的結論。

廖書仁全家福

快樂從軍，歡喜服役的蔡佳惠少校

「由於當年貴人指引，才讓我的人生朝向美好發展，雖然不知道貴人名字為何，但能夠在海軍擁有穩定工作，結婚生子，人生圓滿，讓我至今仍對那位貴人有無限的感恩」，這是之前在海軍技術學校擔任預財官，服役二十年退伍的蔡佳惠少校口中所說的誠摯言語。

佳惠說 84 年她和屏東商專的同學說好一起報考軍校，但到了考場，同學缺席，她只能獨自面對，成績公布她獲錄取。

在填選志願科別時，原本隨意選填，當時剛好一陣風吹來，把她的志願書單吹落地上，這時走來一位高階長官，順手撿起志願書，看她分數不低，就鼓勵她選填財務科別，這樣的一個動作就改變了她的一生，於是她就讀國防管理學院財務科，85 年畢業，在任職軍旅期間，又到義守大學完成管理碩士學資。

軍旅生涯，一路走來，都得到長官器重，貴人相助，並在此期間完成公餘進修、結婚生子等人生大事，這對自小成長於彰化鄉間，過著單純又簡樸生活的佳惠來說，覺得幸運又幸福，對於國軍栽培的感恩意念一直存在她心中，逾二十年不變。

蔡佳惠全家福

36年，我在海軍的美好時光

做好當下的事——一位艦長的心聲

服務海軍 36 年，在這不算短的日子裡，看著潮起潮落、人來人往，見證到初入軍中的初官青澀模樣，當然更常在不捨中送別服役期滿，卸甲歸田的軍職人員，雖然歲月會改變許多人的容顏及心情，但慶幸的是，對海軍的熱情，我數十年來從未改變。

以前年輕的時候，見到所謂的「一級艦」艦長（官拜上校），都會心生敬意，不敢造次，因為能夠帶領一艘軍艦，凝聚官兵的向心，發揮團隊精神航行無邊大海，肩負起保衛海疆的責任，我覺得是件責任大、不簡單的事。雖然在海軍服務的時間很長，但我從來沒有機會和一級艦的現職艦長，近距離地分享執行任務的酸甜苦辣以及從軍的點點滴滴，直到這一天。

由於一位好友國華的穿針引線，把兩位從來在海軍「只聞其名，不見其人」的我和鄧志忠艦長，牽起了接觸的線與良善的連結。由於艦長是位「鐵道與火車」的資深研究者，所以知道他的人，應該都是共同對鐵道與火車感興趣的同好，而對鐵道與火車不熟悉的我，只是對於一位長年服務軍旅，竟然能夠深入鑽研軍事以外的專業，且成果斐然而好奇不已。

於是在一個天時地利人和的時機，我和艦長面對面開啟了「講故事」的緣分門，他在細說軍旅與鐵道故事時，我的意念已隨他故事的轉折，穿越時空，穿梭在軍艦與火車之間，有種既陽剛又柔軟的感覺生起。

艦長說：「我當年就讀台中二中，原本所有人的第一志願都是落在醫學院，但當時的我就是想要做點和別人不一樣

的事，於是在一張海軍官校招生海報的牽引中，我進了軍校，從事軍旅，不知不覺一晃眼至今就已二十餘年。」、「在鐵道與火車的研究中，讓我找到人生的價值，因為能有機會做自己想做、能做、喜歡做的事，我覺得開心幸福不已，雖然上山下海，舟車勞頓，但我勇赴目標，義無反顧。」艦長在訴說他的人生故事時，神情堅定、眼裡有光，讓人感受到的是「夢想的實現原來才是人生最幸福的展現」。

鄧志忠艦長曾經擔任過高雄艦艦長，現在則是負責各項演訓任務的迪化艦艦長，從高雄到迪化，停泊港口不遠，但兩個艦長的連結需要一段時間的考驗才能就任，鄧艦長軍旅曾歷練許多不同職務，帶領過的部屬也無以計數，每一種經歷都是經驗的累積，也是一種能力的造就，雖然現在海上任務繁多，但他相信「只要用心做好當下的事，以愛心跟關懷對待部屬，那麼一艘充滿陽剛氣息的軍艦，就不只是軍艦，而是兼具戰鬥力與柔軟張力的海上家園」。

36年，我在海軍的美好時光

　　他，是個鐵道火車研究者，也是一艘軍艦指揮若定的領導者，更是同事朋友眼中的好朋友，我想，和他一定是有某種緣分的累積，才能和他締結「與君一席話，勝讀十年書」的善緣。

　　他是鄧志忠艦長，是位想要做好當下的事的大氣艦長，是服務海軍三十多年的我，心中最欽敬的海軍鐵道艦長。

豁達的小琦

　　小琦是我們辦公室之前的女同事，清新活潑，可愛開朗，待人謙和，處事認真貼心，工作用心積極，是個持正向思考的女孩，我們倆有二十多歲的差距，她和我的兒輩年齡相差不遠，如果我早婚，生的女兒應該都有她這麼大了。

　　她還沒調來我們單位時，因為和我們有業務上的來往，聯繫頻繁，所以對她的印象並不陌生，雖然有幾面之緣，但畢竟沒有天天相處，無法了解她的性情，也無法了解她的工作能力如何，憑單面印象直覺她的能力平平。

　　但是和她真正相處之後，才發現之前的印象實在錯得離譜，人真的是不能以外相來取人的，也對自己的識人不清深深自省。原來，心寬體壯的郁琦，是個耐看的女孩，眼睛雖小焦距遠，皮膚白晰又細嫩，對辦公室的同仁都能懷以敬意，尊重與欣賞，並抱持著學習心態在每日的工作進行琢磨與研討，只要發現身邊的同事需要協助與幫忙，她都會放下手邊的工作，先助同仁解決問題度過難關，再去處理自己的事情，即使因為時間的延誤讓她必須留下加班，她都無怨無悔，義無反顧。

　　有些愛開玩笑的同事，經常把她形容成兩個孩子的媽，當時未婚的她不以為意，一笑置之，還樂觀地打蛇順桿上順著他們的話說，看什麼時候再帶小孩來給他們看。甚至於過年前有位同事和她通電話時，還問她什麼時候休假回娘家，讓她哭笑不得，因為她一直都住在「娘」家裡。

每次她上台主導各項會議時，因為她台風穩健，字正腔圓，進退有據，行止有節，讓我對她俯首稱臣，崇敬佩服，向她表示我的欽敬與讚賞時，她都靦腆得如青春少女紅顏笑開懷，這樣的笑聲是爽朗清麗的，是在滾滾紅塵中的一股清流，沁得人心胃脾清朗，因為感染她開懷的笑，讓我心生許多止不住的快樂。

給展翅飛翔的妳

　　辦公室的年輕同事郁琦近期調職，看到以前熟悉的位置上，坐著不熟悉的生面孔，心裡有點悵然若失，但回頭想想「職場的流動，就如養育孩子一樣，總有一天他們會慢慢長大，羽翼漸豐，必須展翅飛翔，向更廣闊的天空飛去，才能開拓視野，成就更臻成熟完美的人生」，朝著這個方向想就釋懷了，所以雖然心生不捨，但還是要以祝福的心，祝福妳，未來一切幸福順利。

　　想起妳剛來的那年，還是個初出學盧初入社會的青澀年輕女孩，與人相處都表現出戰戰兢兢、如臨深淵、如履薄冰的態度，妳總會貼心、默默地為身體有狀況的同事處理公務，妳不但上班時幫她跑腿，下班騎車護送她回家，還跟她說些讓她溫暖的話，同事就跟我說：「將來誰娶到妳，是那個人的幸福。」

　　時間就在公務繁忙中過去，在共事的時光裡，我們曾共同參與許多煩擾的工作，也一起去參加多場馬拉松路跑兼旅遊活動，妳認識了我許多朋友，我也對妳的朋友略知一二，後來有位義務役同仁對妳一見鍾情，展開柔情攻勢，沒多久，妳就從單身晉升為人妻，職位也隨著時間的過去慢慢晉階，這一切都是我樂見的，妳的人生因為從軍，樂在工作，又鼓勵另一半轉服志願役，讓妳的生活越來越好，妳跟我說妳太感謝國軍了，今日的妳才能工作、婚姻兩得意。

36年，我在海軍的美好時光

其實我心裡也明白，漸漸成熟穩重能獨當一面的妳，應該是到了掙脫保護傘，四處歷練，成就獨立自主的時刻了，我再怎麼不捨，也不能強留，為了妳讓飛得更高更遠，職場經驗更加豐富，只能端出祝福，祈望上蒼莫忘對妳護佑，給妳力量，讓妳更有信心迎接未來的挑戰。

給展翅飛翔的妳：不管未來發展如何，請莫忘從軍初衷，仍以熱忱負責、貼心溫暖的態度對待所有的人事物，那麼相信妳走到哪裡，都能有貴人相助，擁有幸福與幸運。

左一為郁琦

顏志穎上士的感恩軍旅

　　服務於技術學校作戰教學組的聲納上士助教顏志穎，多年前調職學校擔任助教職務，負責海練四號操作、維護、訓練及相關課程教學工作。

　　服役四年時，志穎自覺學識不足，向單位完成公餘進修申請後，進入高雄應用科技大學電子工程系續修大學學資，兩年後畢業，學以致用，將所學之專業運用於工作上。

　　志穎說起初到學校時，組上學長姐們的知遇與教導之恩，都流露出感念情懷，志穎說：「多年前，初到學校反潛組（作戰組以前的名稱為反潛組）時，不只是對裝備不懂，連對海軍的林林總總也只知道一些皮毛而已，由於當時的士官長教官劉建志的帶領，讓我邊做邊學，慢慢學會反潛及聲納的各項專業，他還教導我許多待人處事的道理，讓我慢慢走入海軍，之後，學長姐們功成身退，逐年離開海軍，沒有他們的庇護，我只能快速成長，到現在經由認真鑽研，我已能獨當一面，做好各項裝備的維護與操作。」

　　「從以前到現在連成的職場生涯，是一條直線或是曲線，由自己決定」，志穎在學校擔任助教，可以安安穩穩地過日子，但他卻選擇不斷精進自己的本職學能，增強自己的專業能力，不但自己把反潛作戰模擬儀操作維護學得專精，也把專業傳授與學弟及來校受訓的學生，他認為唯有無私奉獻所學，將海軍各項技能傳承，人生才會有價值，他不怕人生有彎曲，只怕太過平穩會讓自己失去奮鬥的勇氣。

36年，我在海軍的美好時光

從事反潛專業專長教職的顏志穎上士，已從適應環境進化為創造環境，與同事相處和諧，相互成長，也因為經濟穩定，娶妻生子，家庭生活幸福美滿，談到過去與現在，他覺得能在技術學校擔任教職，是件溫暖又令人感恩的事。

循情終誤己，輕信反求人

「循情終誤己，輕信反求人」，如果你認識這位年輕的女子，一定不會相信這樣的字句，竟是她的生活規範、人生的定律。因為當我第一次看見這樣的字句時，我會以為這是一位「歷經風浪，看遍人生」的年長者的座右銘，沒想到卻是來自於年輕的寶儀身上。

和寶儀相識於十多年前，那時初入海軍的她跟著她的士官長學姐孝儀到高雄來和我們聚會，聚會中她少有言語，大部分的時間都以微笑居多，後來我才知道原來當時的她已默默觀察身旁的一切，不多話卻從別人的言談中學習自己的人生指標。

那次聚會之後，由於南北相隔，我們就未曾再見，只有偶爾在社群網站的動態中，發現她的身影。歲月匆匆，一晃眼十年過去，寶儀一路上從二兵，經由認真、用心、熱忱與熱血的表現，深獲各級長官的提攜，慢慢地晉升到士官長，而同在海軍服務的我，只能隔著百里，聽聞這些成長的好消息，卻未曾再次與她見面。

近期因公到南部來出差的她，好不容易喬到時間與我們這群資深好友見面，看到她，我們倍感歡喜，因為十年不見，我們在她身上看到的已不再只是稚嫩與微笑，而是經由軍中的粹練與教育後，益顯穩重有禮、言之有物，更有令人信任的感覺展現。

36年，我在海軍的美好時光

我問她何以「循情終誤己，輕信反求人」當成人生規範，她說：「如果做任何事只依自己的情緒和情感做事，最後將會耽誤自己，前路受阻；如果輕易相信別人而自己不親自去做，到頭來沒能力反而要去求別人。」就是因為這樣自律的精神與謹言慎行的態度，她才會一路走來平安順遂，常有貴人相助，也成為有能力能幫助別人的人。

　　看到如今自信滿滿、謙和可敬的寶儀，我真的看見「海軍培育第一等人才」的成果。

左二為王寶儀

認真負責，樂觀自信的許惠玟中士

　　服務於海軍技術學校總務處擔任人事士的許惠玟中士，是位認真負責、樂觀自信的軍職人員，服役 7 年多，仍然保有當年初入軍中時的初衷，「凡事主動積極，待人誠懇有禮」的態度是同事們對她的一致看法。

　　「消極的人，像月亮，初一十五不一樣，積極的人，像太陽，照到哪裡哪裡亮」，許惠玟中士就是積極做事讓人放心的人。惠玟原本和先生同在民間機構工作，但先生因緣際會考取海軍後勤單位的技術人員，覺得這是一份作息正常，收入穩定的工作，於是先生的鼓勵下，惠玟在 102 年也投筆從戎，錄取志願士兵，從此開啟她的海軍生涯。

　　在學員生大隊服役一段時間，由於表現優異，樂觀進取，參加甄選，106 年 7 月 1 日奉調至總務處服務，擔任行政中士職務，負責兵籍資料管理、休補費結報申請、健勞保及識別證製作、公文交換等工作，即使是處理這些公務的生手，但由於認真好學、不懂就問，很多工作很快就上手。

　　惠玟說從軍 7 年多，在海軍遇到許多好同事，很多長官也都對她很好，教導她很多，讓她快速成長，樂在從軍，所以每每跟別人談論到從軍這個決定，她都懷著感恩心，訴說這段永不後悔的歷程，現在她的家庭幸福美滿，她說她非常感謝國軍，所以只要有機會，她都以自身經驗鼓勵親朋好友來從軍，希望他們能夠跟她一樣，做對自己人生最好的選擇。

士官長的戒煙故事

之前在臉書上看到服務於海軍技術學校，擔任教官的翁金龍士官長開心地分享他戒煙六周年的紀念文，看到這個訊息，我認真閱讀一番，覺得這是個激勵的故事，應該和他聊聊，把他的故事寫下來傳誦行銷出去，才能讓仍迷失於吞雲吐霧界的人士們，能夠聞聲跟戒，為身體健康而打一場無煙清新的保衛戰。

已在海軍服役 30 多年的金龍，說起自己戒煙的故事，雖然稍有靦腆，但為眾人健康，維護環境清新，他還是把戒煙的故事娓娓向我道出。他說：「因為從事工程的爸爸是個老煙槍，我從小就要幫他買煙，因為他忙，我還要把煙點好再拿給他抽，在這樣的環境中成長，造就了我從讀小六開始就學會了抽煙。」

看我聽到「小六」這兩個字瞠目結舌的表情，他繼續解說：「那時候不覺得抽煙是個不好的習慣，因為身邊的大人們個個都是煙不離手的，所以我覺得煙只是一個生活的必須品，就像吃飯喝水一樣，而且習慣一旦養成就不容易改掉，我這煙一抽就是四分之一的世紀，每天一包，習慣成性，30 年不算短的時間，從來沒有一種力量可以促使我解除癮君子的身分。」

我問他：「後來是什麼動力或是因緣，才讓你下定決心戒煙呢？」金龍這樣回我：「其實在我真正戒煙的前幾年，我也戒了好幾次，每次快要成功的時候，煙癮一犯就破功，就這樣斷斷續續戒了好幾次，我也曾用戒煙貼片，也曾到診所看戒煙門診，兒女衷心的期盼，老婆殷切的盼望，都在我一次一次戒煙失敗中失望。」

36年，我在海軍的美好時光

「就在 102 年 1 月 8 日那天，一個奇怪的念頭飛進我腦海，『把煙戒掉』是我那天一起床的一個堅定意念，當這個意念一起，我就把桌上那包已開封的香煙盒丟棄，向內心的自己宣誓戒煙的決心，我也把這個想法傳達所有家人，只要朋友來找我，我也真誠告知，希望運用眾人的力量及決心戒煙的意志力，幫助這個意念發揮效力」。

　　戒煙至今已 7 年的金龍士官長，他開心地分享戒煙後的人生改變「我覺得我現在身體養分吸收較好、呼吸道變得舒服、眼睛比較不會酸澀、肺活量變得好很多、體能也變好，嘴巴裡的味道不再那麼重，感覺人生的價值無限，意義十足」，他要奉勸所有正在煙霧中迷失的朋友「沒有任何的外力可以幫助你，只有堅強的意志力才得以將你的目標推往成功」，身體力行，堅定目標的金龍，朝戒除煙癮目標行去，現今才能得到煙消雲散美果，找到健康幸福的坦途。

沉著穩重，熱忱助人的士官長

海軍兵器士官長杜仁華，畢業於海軍常備士官班 83 年班，下士任官後歷任過海軍正陽軍艦砲械士、繼光軍艦砲械士、南沙守備指揮部砲械士、張騫軍艦副班長、淮陽軍艦及士官督導長等職務，長年服務艦艇，海上工作的磨練與歷練，讓他智慧成長、學會沉著忍耐及應對各種不同狀況的工夫，前幾年才有機會調職至陸岸單位的技術學校，擔任士官中隊士官長中隊長職務。

人稱「杜中」的杜仁華士官長，累積多年領導士官兵的經驗，到技術學校任中隊長職務，負責受訓士官兵學員的管理及領導工作，如探囊取物，輕而易舉，如魚得水，相當稱職。和艦艇來校受訓的士官兵可以談談海上經驗及艦艇巡曳海疆的故事，和學校的士官兵可以傳授給他們服務艦艇富挑戰性與工作多變的內容，每一位學員生及編制內的士官兵都和杜中相談甚歡，相處和樂。

尤其杜中性情穩定，處事不急不徐，情緒管理良好，不管任何人有任何問題或是遇到任何困難，也不管是年輕的軍官，還是資深的士官或是心智尚未成熟的士兵，大家只要來找他，他會依各員的表現及狀況，分別給予不同方式的懇談與疏導，幫他們解決問題與困難，士官中隊在他平和處事與明理開朗的帶領下，呈現一片和氣與朝氣蓬勃的氣象。

只要同仁提出求助需求，他一定伸出援手，當成是自己的事在辦，即使學員生在外發生問題，他仍會義不容辭，幫他們解決問題，以期人員能安心服役，專心學習。

無私無我，正派認真，剛中帶柔，為士官基礎教育紮下良好根基的杜中，是士官兵的最佳導師與典範。

杜中已於 109 年退伍

誠懇實在，樂在從軍的林芳益

那天莒光日課後，抽到心得報告人員為主計室少校預財官林芳益，平時大家都覺得他是個沉默寡言，不擅言詞的人，不過當他站起來，對當天莒光日課程心有所感侃侃而談的內容與模樣，都讓大家大開眼界，在仔細聆聽他心得發表完畢後，在場同仁都給予讚賞與鼓勵的掌聲。

來自於嘉義縣的芳益，自小在純樸的鄉間長大，成長期間受到父執輩「做事實在，待人以禮，誠懇做人」的傳統觀念潛移默化的影響，即使接受國防管理學院四年的洗禮，已服役多年，調職過許多不同的單位，仍然保有初入國軍時的熱忱與單純，是個誠懇實在的謙謙君子，與他相處過的同仁，都對芳益的工作態度與為人著想的做為都有正面的肯定。

只要能在規定的範圍內為同仁服務的事，他絕不推諉，也不延宕，總能在效期內完成，有效管制所有預算的編列、審查與結報，預財工作經驗豐富、為人正派廉潔，所以，不管在哪裡，處理什麼樣的案件，長官與同仁都對他信任有加，他的話不多，也不會打高空，但只要交付給他的事都不必操心，沒多久就會看到成果。

歷練過左支部、馬支部、大氣海洋局、艦指部、司令部戰系處、主計處任主計軍官、技術學校預財官，現在任職於海軍司令部的芳益，就是因為經常輪調，太過用心於工作上，肇致歲月蹉跎，如今仍舊單身，很多人爭相為他做媒，而他只是端出靦腆笑容以「我還是先把工作做好比較重要」來回答，不過大家都相信誠懇實在，樂在從軍的他，將來的軍旅與感情必將順遂發展，得以完美結果才對。

中間坐者爲林芳益

樂在軍旅，愛護部屬的林家羽

　　任職於海軍技術技術學校勤務隊，擔任輔導長的林家羽士官長，是個時時、事事都保持熱忱的幹部，身為隊長的副手，肩負單位各項行政勤務工作，雖然人多事繁，但每件事都能在她合宜應對處理中完成。

　　家羽士官長畢業於台中修平技術學院企管科，因為就學期間很喜歡看軍教片，對軍事訓練及軍事生活很嚮往，也經常蒐集報考軍校的相關訊息，所以畢業後，從軍就是她就業的第一志願。

　　95 年 10 月她如願所償，考取 95 年第 5 梯次志願士兵班，在成功嶺受畢入伍訓練後，分發至海軍一三一艦隊擔任補給士，後來又分別歷練了海鋒一中隊補給士，因個性均衡，工作表現優異，103 年 12 月 1 日獲調占士官長職缺。

　　104 年 4 月 16 日調職至海軍技術學校擔任勤務隊士官長輔導長，負責隊上士官兵生活輔導工作，在隊長與班兵之間扮演潤滑劑角色，安撫新進人員緊張情緒，以朋友的方式，對待所屬士官兵，讓他們的情緒得以有出口，身心靈有個調劑的窗口，因此，勤務隊除了充滿年輕活力的氣息外，還多了份安穩與平靜的力量。

　　家羽說：「服務軍旅已十多年，在這不算短的役期裡，她給自己的座右銘是『人像鑽石一樣，經過磨練，時間越久，才會越來越閃亮』，每天在不同公務與人際的磨練中，讓我越來越有面對問題，解決困難的能力，每天穿上這身海軍軍服，讓我覺得很光榮。」

36 年，我在海軍的美好時光

看著家羽每天帶著士官兵跑步，做體能訓練，並和他們一起工作，互動和諧，誠摯關愛，我相信樂在軍旅，愛護部屬的家羽士官長已在軍旅生涯中找到屬於自己的那一片天空了。

熱血的「高雄」人

　　高雄是個熱情的城市，從我在民國 79 年遷入這個城市開始，我就深刻的感受到，住了三十年，我的身心已徹底融入這個城市，在我身邊有許多熱血高雄人的故事每天在發生。

　　但我現在要講的這個熱血高雄人的故事，他不是居住在高雄的在地人，而是服務於海軍高雄軍艦擔任艦長的林銘軒。

　　雖然都在海軍工作，但海軍的員工很多，單位也不少，如果不是一些因緣際會牽動的話，可能有些人一輩子也都遇不到，我和他也許是這個同心圓裡永遠連結不在一起的兩個個體。

　　和這位艦長會認識，是因為兒子的緣故。受海軍家庭影響的兒子，大學畢業後就報考海軍專業軍官班，畢業任官分發至高雄軍艦服務，每次兒子放假回家，全家人都會聊天分享各人的生活際遇與工作狀況，從兒子口中聽到艦長的林林總總，原來這位艦長的處事作為，就是在海軍服務三十多年的我心目中最敬重的艦長類型。

　　兒子說：「我們艦長是個大氣的人，不會計較於小事，對於船上的官兵都很照顧，該受訓的，該放假的，該關懷的，都會在言行之中為官兵設想週到，尤其對我們這種初級軍官來說，他總是放手讓我們學習，即使做得不好，學習效果不佳，他仍然給我們機會，讓我去實現自我的能力，所以我們船官兵的凝聚力很強，每個人都充滿熱忱與熱血，這些都是來自於我們這位有擔當的艦長。」

36 年，我在海軍的美好時光

其實為人父母的，對於子女的期待與希望，莫過於他們就學就業時，遇到好老師與好長官，好老師與好長官的帶領，會讓孩子少走一些冤枉路，開創無限寬廣的天地，所以我為兒子在初入海軍時，就能遇到這樣有智慧的長官感到幸運。

　　有一次他們船上辦理懇親會，我們以家屬身分前往參加，和艦長有了面對面的交集，才知道林艦長畢業於海軍官校 90 年班，歷練過各型艦艇的重要職務，我向他表示對兒子提攜的感恩，也對擔任艦長肩負重責大任的辛苦表達崇敬之意，但他只謙稱「從進入海軍那天開始，我就以『海軍人為榮』自居，現在已服役近二十年，從未改變從軍初衷，不管派任任何職務，我都熱血以對，做我該做的，能夠有能力幫助部屬，這是我覺得是從軍最有價值的事」。

　　這是林銘軒的從軍故事，也是熱血「高雄人」的故事，他將帶領一群高雄軍艦的同仁乘風破浪衛海疆，為國家安定，人民安康，打一場熱血的保衛戰。

敬愛的艦長，謝謝你

　　兒子從小是個內向、一板一眼的人，甚至於大學到外地讀書，也因為對自己沒自信，所以常常獨來獨往，不喜與人接觸，這件事情讓身為父母的我們頗感擔心，似乎看不到他未來投入職場的前景。

　　大學畢業他選擇從軍，進入海軍後，怕他意志不堅，我也不敢抱持太大的期待，最小的希望就只是期盼他能適應軍中，找到自信，有個穩定的工作而已，別無他求。

　　在海軍官校接受一年的專業訓練後，派任艦艇職務，艦艇經常因為任務航行海上，泊港時間未定，我也深怕他對海上生活會有排斥，不定時傳賴給他打氣，日子就這樣過去。

　　服役一段時間，我從他的眉宇之間看到希望，也從他的言談之間找到自信，我問他怎麼會有如此明顯的改變，他說一切都要歸功於他有個愛護部屬、耐心教導部屬、凡事為部屬著想的艦長。

　　後來在一次的艦艇懇親會中，我終於見到兒子口中讓他有所改變的艦長，與他閒聊間，發現他果然是位氣宇軒昂、自信勇敢、待人處事皆大氣的艦長，才能獲得同仁們的愛戴與支持，我也藉機向他表達對兒子提攜照顧之恩，但他謙稱都是大家表現得好，他只是做好本分而已。

　　因為知道有個對待官兵如家人的艦長，所以兒子在艦艇服務期間，我真的體會到國軍的三安政策「部隊安全、軍人安家、軍眷安心」的實踐。艦艇服務一年多，這天兒子奉令調職，看到訓練有成、自信滿滿、成長看得見的兒子即將赴任新職，我真的有種「我兒成長，感謝艦長」的真摯感受。

敬愛的艦長，讓我藉此版面，跟你說聲「謝謝你，讓一個沒有自信的年輕人，找到有希望的未來」。

高雄軍艦懇親會

樂觀自信的紀沅吟

　　目前任職於海軍技術學校總務處補給上士的紀沅吟，是個工作認真，處事積極，個性樂觀開朗，與人相處和諧的八年級生，入營工作至今 8 年多，歷任過部隊單位的補給兵、主計室的補給下士、教務處的補給中士，109 年因表現優異，獲調總務處補給上士乙職。

　　家住左營的沅吟，對於著海軍軍服的軍職人員並不陌生，由於很多親戚朋友都是在營官兵，看他們生活規律，體魄強健，工作穩定，因此沅吟在就讀左營高中體育班時，從軍服役就成為她畢業後想要追求的夢想。

　　坐而想不如起而行，101 年畢業後，沅吟真的把夢想實踐，參加國軍志願士兵的考試，錄取分發至海軍技術學校的學員生大隊擔任補給兵，每天在循序漸進的訓練與規律的作息中服役，我問她：「沅吟，辛苦嗎？」沅吟只展露她的甜美笑容跟我說：「這些訓練及管制對我來說，就如同是生活的一部分，我歡喜接受，主管願意把業務交給我，是看重我，就是因為這些看重，我才能學習到更多的工作經驗，也才能有機會調職至主計室服役，『不計較得失，才能得到更多』，是我服役這幾年所得到的親身體會。」

　　看到沅吟因為選擇到適才適所的職業而開心，也因為自身的努力而步步高升，我和她一樣同感歡喜。

認真工作，細心用心的士官長

　　說她會開堆高機，大家都覺得不可置信，但真正見識過她開堆高機的模樣時，大家瞠目結舌，事實擺在眼前，叫人不得不信，這位開堆高機的女士官，就是體能絕佳，凡事不怕苦不畏難的高筱梅士官長。

　　筱梅自民國 86 年入伍起，歷任過海軍彈藥總庫及海軍第一造船廠等單位，皆擔任基層廠庫補給料件籌畫、登錄及管理等工作，前幾年才調至海軍技術學校服務。

　　國軍補給工作範圍很廣，各項規定多如牛毛，申補核銷等作業流程繁複，必須具備耐心與細心，熟稔相關規定，才能將補給工作做得完善縝密，而筱梅就是抱持服務與學習熱忱及幫單位解決問題的心，不管工作的時間多長，她只是一心一意，專心致志地把補給業務依規定做得完整，才放心下班。

　　筱梅不但把本身業管工作做好，公餘時間還去參加民間大學進修，取得大學學資後，又抱持學無止境的心，學開堆高機及叉動車並獲得國家級證照，兼任載送補給品工作，工作操煩又繁多，但她都無怨無悔。

　　因為筱梅表現優異，獲得各級長官的肯定，100 年調任士官中隊擔任士官長輔導長職務，負責受訓學員生管理及輔導等工作，工作時間很長，休假日子不多，但情緒管理良好富愛心的她，在部隊中對待所屬人員如弟妹，每件事都能循規蹈矩、循序漸進去規劃與執行，團隊在她的營造之下，有家的溫馨感。而目前的筱梅已調職至教學組擔任教官，相信已歷練各項職務的她在教職裡找到屬於她的一片天地了。

筱梅心有所感地說：「在這不算短的軍旅生涯裡，我曾獲得許多貴人對我的知遇之恩，我要把這些感恩與關懷複製，再送出給有需要的同事和朋友，讓我們身邊都被溫馨與愛包圍。」

我在筱梅的言談中，看到軍旅不悔與不凡的告白。

我和筱梅（右一）及友人兒子合影

跑步結緣的佳偶

　　在臉書上，看到筱梅和建霖拍下的婚紗照，我們每位朋友的臉上都浮上歡喜的笑容，為這對佳偶天成的金童玉女能夠同心攜手，即將步上幸福紅毯的那一端而開心不已。

　　筱梅是單位裡的補給士官長，曾經擔任過部隊的輔導長，待人和善，親切力十足，領導統御能力佳，但姻緣線卻一直無法與她搭上線，多年來她已習慣孤家寡人，下班回家則以家人為重，還幫她妹妹負起照顧小孩的責任。

　　而建霖當時在我們單位則是負責駕駛的工作，年紀輕階級低，但應對進退合宜，對長上有禮，對同僚和善，賦予的工作都能認真完成，後來別的單位有上階職缺，雖然比較辛苦，但他還是毅然決然應允前往任職。

　　有一回他們共同的朋友小銘，在一次閒聊中跟感情處於空窗期的建霖提起「筱梅學姐不錯啊，你要不要試著去追她？」，礙於年齡，建霖說：「可是她大我好幾歲，這樣好嗎？」「沒關係啦，年齡不是問題，而且好女孩是不容錯過的哦。她喜歡跑步，你也喜歡，不如你就從約她去跑步開始。」

　　就這樣一回生兩回熟，跑久了，個性相近，自然成就了「愛情常跑」的佳偶，那時他們戀情尚未公開，但在ＦＢ上經常都可以看見筱梅出遊的相片，但照的相片都很令人遐想，因為不是出現兩個太陽眼鏡就是一對酒杯，要不然就是兩雙慢跑鞋，男主角呼之欲出但就是不出現。

36年，我在海軍的美好時光

直到有一天，有人看見建霖和筱梅相偕逛大賣場，筱梅才大方的承認，建霖是她男友，而建霖的貼心與熱忱還有接受，是筱梅能拋下這麼多年的單身身分與世俗的眼光，願意走入家庭的主要原因。

　　看著筱梅穿著大紅的露肩禮服，建霖穿著帥氣筆挺西裝的幸福合影，我彷彿也徜徉在幸福的春風裡，久久不能自已。

筱梅鼓勵士官先生陳建霖轉任軍官

熱忱積極王書吉

　　海軍技術學校行政士官長王書吉，97 年在海軍服義務兵役退伍，退伍後曾任書局員工及補習班英文老師工作，99年和爸爸針對「未來」這個話題深談後，覺得軍人的工作還是比較適合個性中規中矩、一板一眼的他，於是他申請了再入營。

　　心想事成的書吉再入營之後，先在技術學校基層連隊擔任班長職務，學習領導統御及人員管理等實務工作，之後調職至教學組擔任助教職務，因主動積極、表現良好，後獲選調占總務處上士職缺，負責各項人事行政業務，幾年後由於優異認真的表現，調占上階並晉升士官長。

　　書吉不但將人事行政工作做得有條不紊，有陣子還因單位人員短缺，支援檔案及各項文書工作，在從事各項繁雜事務中，更加用心精進自己的本職學能，書吉說：「國軍能夠再次給我這個入營的機會，我非常珍惜，無以回報，只能更加戮力工作，認真付出，貢獻所長，守分守紀，以微小的力量報答國家的栽培。」

　　再入營十多年，結婚生子的書吉擁有穩定的工作，也因夫妻兩人勤儉持家、量入為出有了自己的房子，有機會還可帶家人出國旅行，他覺得這樣的生活很滿足。

　　每每見到書吉為單位同仁熱忱付出及主動積極為同仁解決問題的態度，都會不由自主的在心裡發出欽敬的讚嘆語。

幽默風趣，樂在從軍的陳建霖上士

「人胖沒關係，但胖要胖得有品味、有質感」，這是身寬體壯的陳建霖上士，當朋友對自己的身材有意見時所做的幽默回應，因為個性隨和好相處，所以很多朋友都樂於和他在一起。

99 年入伍服義務役的陳建霖，分發至左營後勤支援指揮部擔任建築兵，由於家族眾多成員都服役於海軍，於是在大家的鼓勵下，他轉服志願役，並在服役一年後調職海軍技術學校勤務隊擔任行政下士。

由於處事認真，肯學又努力，只要長官交付工作，他一定在限期內完成，其間他也經常到民間單位上課進修，提升其業管技能檢定的專業度，不懂就問，不會就學，讓業管的所有業務都能瞭若指掌，懂得應變，因此，當單位出缺時，他總能從眾多符合晉升人員中脫穎而出，一路從中士升到現在的上士職缺。

建霖是個性熱血又熱心公共事務的人，他不但會把自己業管工作做好，有時間還會幫忙其他同事出車接送人員或是送公文至別的單位，從不與人計較的他，因此獲得好人緣，而當他有事需要幫忙時，大家也會立即伸出援手，協助他把問題解決。

同事們經常會對他的表現發出讚賞聲，但他則以謙卑的態度說：「在海軍服役十年，遇到的都是幫助跟提攜我的人，我能快速成長，習得專業，都是貴人相助，主官管們的不吝指導，現在的我才能自信果決地面對每一天。」

「能夠選擇一條適合自己的路是幸運的，現在我經過循序漸進的訓練變得成熟穩重，有足夠的能力成家，這都歸功於海軍，所以我是懷著感恩心在從事我的工作的」，這是樂在從軍，凡事幽默以對的建霖最愷切的真摯心聲。

廚師的女兒

　　力舫是個長相嬌小，卻樂觀大氣的軍人，第一次看到她的名字時，就覺得她的父母親很有智慧，出生時已看得出來將來這個女兒是要從軍，而且會從事跟海有關的軍種，所以才取了這個強而有力，舫舟航行唯我行的名字。

　　「力爭上游有決心，堅定意志保家邦」，是我從力舫身上看到的生命力與從軍信念，不過因為軍人經常會因為職務歷練而調動，所以和力舫相識不久，只知道她的廚藝不錯，專業能力強，還沒進一步了解她，親嘗她親手調製的美味餐點，她就調職艦艇服務，再回到我們單位任職已是兩年後的事。

　　再度遇見她，覺得她外表變化不大，但因職務歷練及年歲的增長，她變得智慧又英挺，不但如此，她在講話與態度上，更顯現出成熟與穩重。

　　有一回在路上相遇深聊後，才知道原來她出身廚師的家庭，她的好廚藝是傳承於父母親，因為我對她的關心，她緩緩道出她成長的往事。

　　力舫說：「相信妳一定看不出來我小時候上學是有傭人在幫我背書包的」「小時候我們家家境很好，但因爸爸中年投資失敗，家道中落，爸媽經常吵架，媽媽也因此常離家出走，後來他們離婚，媽媽離開，爸爸帶回一位阿姨，雖然有照顧我們（我哥有點精神障礙），但也因財務問題，經常吵得不可開交。」

　　「我讀高中時，跟爸提議要半工半讀，就用這個理由搬出家門，在外獨立生存，爸爸後來和那位阿姨分手，到美國當廚師，媽媽就回來照顧哥哥。爸爸在美國時，我讀高一，

沒人管就乾脆辦理休學去做全職工作，因為我覺得唯有賺更多的錢，才不會為錢所困，這樣的生活若不是爸爸在我休學快兩年時，打了通電話求我復學，還講很多對不起我的話並哭泣，我也不會辦理復學，今天也不會有機會選擇當軍人這條路了。」聽力舫的自述，我頻頻點頭稱是，力舫接著說當年考大學時，她只填一個志願就是國防大學管理學院資管系，她說若有上她就讀，若沒上就去工作，沒想到老天厚愛，真的讓她考上，註定軍人是她人生唯一的道路，她從來不曾後悔這樣的選擇。

　　見證到個性堅毅，不為環境打倒的力舫，真的沒有人比這個廚師的女兒，更適合當軍人，更堅定自己的選擇了。

完成艦職，擔任教職的黃振嘉士官長

由義務役轉服志願役的黃振嘉士官長，自民國 89 年入伍迄今，已在海軍服役已 20 年，102 年 7 月 16 日調職海軍技術學校任教官職務前，都在艦艇單位的輪機部門服役，也曾赴國外擔任接艦任務，每項工作初始，他都用心學習，全力投入，經驗累積之後，在處理各項輪機運作問題時，都能立即妥處，各項工作做得遊刃有餘，行有餘力還可幫助別人。

振嘉教官說：「現在我在跟學生上課時，都會把自己在艦艇上的經驗告訴他們，同時也鼓勵他們以服役軍艦為榮，唯有經歷乘風破浪衛海疆、同舟共濟向前進的過程，視野才會變寬闊，人生閱歷才會更豐富，而且船上工作時間特殊，同仁們船頭不見船尾見，不管海象多麼艱險，大家在共同執行任務後，都會凝聚彼此的革命情感，之後，不管調職哪個單位，還是經常相聚一起。」

由於經歷多年的艦艇職務，營造出心胸開闊、正向思考，不會在小事上琢磨的振嘉士官長，當學弟們跟他討教有關教學內容與海軍的生涯發展時，他都語重心長地道出他的心聲「擔任教官需要有豐富的學養及艦艇、部隊經歷，教學內容與時俱進，理論與實務相結合，在教授基礎及專業專長課程時，才能把艦艇執勤實況經驗傳承學員生，為用而訓，讓他們學而能用。」

看著已晉升一等士官長的振嘉，將多年服役艦艇輪機部門的經驗，無私教授受訓學員生，學養兼優，態度認真又謙卑，堪稱士官的典範與標竿。

36年，我在海軍的美好時光

綠職人前景，正在閃閃發光

　　原本就讀大學分子生物研究所的他，因家中經濟困頓學業中輟而選擇從軍，於 97 年分發軍事學校任工程官乙職，後又調職新訓中心及艦艇輪機部門工作，雖然在每個單位都有優異的表現，但 102 年役期屆滿，他還是決定退伍，投入個人興趣濃厚的園藝事業，他是綠職人工程公司的負責人王靖閎（以前的名字是吳冠樺，現改名從母姓）。

　　靖閎讀書及軍中所學均與園藝無關，後來怎麼會從事景觀工程、園藝資材、樹木修植、病蟲害防治、廢棄物清運等工作呢？為解開大家的疑問，靖閎說：「講到我從事園藝的創業過程，真的只能說是緣分使然，因為我進入海軍服役，從事的是各項工程案件的維護與保養及擔任勤務隊的隊長，對於園藝，其實我是門外漢。」

　　「那後來是什麼樣的機緣讓你退伍後走入園藝世界呢？」我好奇的詢問，靖閎侃侃道來：「我能創業成功真的要感謝服役海軍期間，所接受的訓練與工作經驗，尤其退伍前一年，我調職到某單位的勤務隊擔任隊長，那時我一個小尉官，被一位位階和我相差甚多的長官指定要完成營區的美化任務。」

　　那時的靖閎每日戰戰兢兢，深怕無法完成長官所交付的工作，即使是園藝界的新兵，他還是日以繼夜地研究該如何讓移植的樹木不會壽終正寢，以及如何把園藝設計美化，提升官兵視覺感受，打造優質工作環境等，由於他本身非該領域專業人員，於是他想方設法，並利用假日到園藝店去當免費義工順學技術，老闆看他認真用心富責任感，於是不藏私地把所學都傳授給他。

由於他的努力，讓整個營區的環境優化，樹木也移植成功，各級長官都對他讚譽有加，並鼓勵他繼續留營服務，但他覺得要給自己一個自由「飛翔」與「創造」的空間，於是他在役期屆滿時還是申請退伍。

　　102 年退伍時，原本靖閎預劃和在菜市場擺攤的媽媽一起賣愛玉冰，但園藝老闆獲知訊息，即邀他到園藝店擔任工地主任，他也樂往赴任，在捻花惹草的過程中，學會許多和園藝相關的專業、看工程圖，還有現場放樣跟督工，老闆給他很大的發揮空間，讓他的創意與想法能實踐在園藝規劃上。

　　103 年，累積一年的工作經驗，考取許多園藝相關證照，一種「創業魂」的意念已在靖閎的腦海裡生起，他向園藝老闆請辭獲准後，自行創業綠職人工程公司，從一人公司到現在已擴展成 15 個員工的公司，一路走來，除了靠自己的努力與熱血外，他說他最感謝的是海軍。

　　他感謝海軍的點有：抗壓耐操、論述能力、知足、領導與管理、應對進退、優渥的退休金等，因為循序漸進的教育訓練，讓他在創業與人員管理上端出最完善的規劃，退休金也成為他的發財金，購置的小發財車成為綠職人的生財工具。

　　靖閎語重心長地表示，當他承接一項園藝建案時，就會把客戶當成是長官，他會不眠不休完成任務，不管案子的大小，案案都做最好的服務，讓客戶信任，他聲稱綠職人是都市的美容師，只要進場，都市會因為綠職人變得不一樣，當他把工地變公園，就會生起一種莫名的幸福感，這已不是金錢的獲得，而是理念的實踐。

從靖閣自信的眼神與歡喜的表情裡，我看到職人時代的
那道光正在閃躍。

投身潛艦，終生不悔

　　那年高中畢業，因為對未來沒有遠大的目標，當看到「加入海軍，環遊世界」的招生廣告，坤典就產生報考軍校的念頭，回到家和家人深談，獲得家人的同意後，他就義無反顧地投身軍旅，選擇海軍。

　　在海軍官校接受基礎訓練時，剛好有潛艦人員前來招生，雖然那時候的坤典不知道什麼是潛艦，但他知道要到潛艦服役是要經過困難的重重考驗，合格之後才能成為潛艦官兵，當時不想服輸的他覺得應該給自己一個機會試試看，如果通過考驗就到潛艦服務，如果未通過，到水面艦服役也不錯。

　　在堅持不退卻、勇往直向前的毅力與勇氣中，坤典通過一層又一層的難關，連最難的壓艙試煉，他都經得起考驗，皇天終是不負苦其心志的人，從他通關考驗成為一位合格的潛艦人開始，就努力用心在自己的工作崗位上，與同仁相處和諧，並在潛艦忙碌任務的空閒時間，結識能體諒他工作的另一半，結婚生子，工作家庭都能兼顧。

　　任職潛艦十多年後，剛好技術學校建築士開放甄試，於是他端出各方面都優異表現的成績，參加甄選，一舉得名，前年就調來學校服務的他，仍舊保持他熱忱負責的工作態度與精神，各項業務也都能如期如質完成，深獲長官與同事的好評與肯定。

　　他說：「人生因為正確的抉擇而改變生活，現在的我，經濟穩定，工作完全掌握，妻兒讓我無後顧之憂，我覺得現在的生活讓我和家人既滿足又幸福，真的感謝國軍的栽培與照顧。」看到樂在工作的坤典，展現陽光般的活躍與熱能，

讓人在不知不覺間，也樂活起來。

蔡坤典全家福

志願調職軍艦的勇氣

　　嘉慶從入伍服義務役士兵開始，歷經轉服志願士兵，經由奮發努力，長官提拔，一路晉升至士官長職缺，這是令人稱羨的軍旅發展，原本以為他就這樣續服軍旅，在學校單位終其一生，沒想到由於一些外在因素的影響，再加上他願意接受挑戰的決心，一個調職軍艦服務的念頭生起，將會改變他可能平凡無奇的命運。

　　當他跟我說這項決定時，我持的是正面看法，並向他傳達「以前，有一些學長姐，曾經跟我說過『來海軍，沒上過船，就不能說曾經在海軍服役過』」，於是他們也打志願報告，上軍艦服務，多年後，當他們功成身退，卸甲歸田之際，可從他們的話語中感受到無悔與感恩，而且有軍艦的經歷後，整個人的心胸會變得開擴，眼界也不再有局限，乘長風破萬里浪，在不同的海域執行任務，台灣的每個港口都可能是所屬艦艇停泊之地，可以體會各個地方的人文風情與感受不一樣的風景，這些都是用金錢買不到的經驗與價值。」

　　嘉慶專心聽我敘述，頻頻點頭稱是，同時也跟我傳達他已詢問過許多曾經任職艦艇的人員，船上的生活作息與任務分配，他相信自己一定可以適應乘風破浪衛海疆的生活型態，克服各項不同於陸地單位的困難與挑戰，我只問他：「你的心準備好了嗎？」只見他堅定的說：「我準備好了，家人也溝通好了，我覺得我一定可以的。」

　　嘉慶的勇氣令我嘆服，正如我對服役艦艇的海軍官兵，保衛國家民眾的勇氣與付出豎指稱讚一樣。

中間站立者為陳嘉慶

適應艦職的他

　　那天嘉慶打電話給我「洪姐，o月o日我們艦慶，可以邀請親友到船上來，妳們要來參觀嗎？」，我立馬回以「好啊」，因為能有機會上艦艇參觀，從中了解海軍官兵的生活環境與現況，這是相當難得的機會，我和幾位同事當然異口同聲附議嘉慶的邀請。

　　嘉慶是從義務役士兵轉服志願士兵，再從士兵晉升下士、中士、上士，一直晉升到士官長，才因為個人的生涯規劃，從陸岸單位申請至艦艇單位服務。去年他提出這樣的想法時，每個人都覺得不可思議，為什麼要放棄正常上下班的日子，到放假不定時的艦艇上服務，但嘉慶為了家庭經濟需求及開拓視野的理念，決定上船服役的心念不因別人的不同聲音就改變。

　　幾年前的秋天，嘉慶如願調職至救難艦上服務，原本我還擔心在陸地服役八年的他，不知道能否適應船上乘風破浪、南北奔波、泊港不定、空間狹小的生活，但每每放假回到單位來探視我們，侃侃而談船上工作點點滴滴的嘉慶，言語中透露的是完成各項任務的歡喜、船上人員的合作無間，及執行海上與陸地工作的差異之處，聽得我們眼睛發亮，對船上的生活產生諸多憧憬與好奇。

　　艦慶這天，雖然天空微雨，我和幾位同事還是依約到嘉慶服務的軍艦參觀，看到船上各項設施均整齊擺放，官兵均精神抖擻為前來參觀的親友作介紹，親友們也能從參訪中了解官兵服役現況，有任何疑問適時向船上官員提出，都可立即獲得釋疑，雙向良性溝通，官兵親友和樂融融，官兵親友的參訪，讓艦慶活動變得意義非凡。

而我也從嘉慶流利的介紹船上各項設施與動線及工作林林總總的體會中，知道他已完全適應海上生活，成為一位真正勇敢的海上男兒，我為他擔憂的心終於可以放下了。

做自己喜歡的事，就不累

從事手作餅乾的好友姿蘭，年前訂單不斷，忙碌不已，因為她做的餅乾料好實在，低糖又美味，很多人吃過她的餅乾，都讚不絕口，爭相幫她打廣告，因此客源源源不絕，年節時期更加忙碌。

兒子很喜歡姿蘭做的幾款手作餅乾，三不五十就請我訂購，我跟兒子說：「等過年後再訂好了，姿蘭阿姨最近一定忙翻，累翻了。」兒子則心有所感地跟我說：「手作餅乾是姿蘭阿姨喜歡做的事，做自己喜歡的事，就不累，對不對？就像您喜歡寫作，再多的題目讓您寫，您也不會覺得累一樣啊。」

這話讓我想到兒子的興趣「也像你玩線上遊戲一樣，因為你喜歡、有興趣，所以玩再久都不累，對否？」

「賓果，答對了！」兒子開心地回答。

確實如此，媽媽在世時，每天忙得讓我難以形容，只要一個空隙，她就會找事來做，種田洗衣都一樣，當我成長到可以和她說得上話時（小時候我們家是一言堂，一切都是媽媽說了算），我跟她說：「種菜又苦又累，我們都就業了，您就不要做那麼多，在家享享清福嘛！」媽媽的回答卻是：「其實妳不懂啦，種菜種再多，我一點都不覺得累，因為只要看到親手栽植的菜從菜苗長到成菜，我都覺得開心幸福，那是一種說不出的喜悅，成就感十足。」

所以當我看到卸下軍職的好友姿蘭，每天要照顧年幼子女還要接收手作餅乾訂單時，前陣子才會心有不捨傳達我的心聲：「退伍後就要好好過日子，妳這樣會不會太累啊？」只見姿蘭展露美麗笑顏，歡喜地跟我說：「做自己喜歡的

事，就不累啊！」原來兒子會講出那番道理，是來自於姿蘭這句話的淺移默化呢！

左爲姿蘭

36年，我在海軍的美好時光

文青騎警孫小龍

警察孫小龍，不但在某分局擔任警察的工作，還曾於週休二日擔任過高雄騎警隊隊員，以前經常要在假日出勤，騎著馬在高雄市各個著名的景點來回巡邏。

大家可能以為這樣的出勤會有額外的收入，事實上是沒有的，若非有熱忱與熱血支撐，是不可能完成這種非分內工作以外的任務的。

小龍說：「當時，我服務警界已進入第十年，歷任派出所、霹靂小組等單位職務，後來服務於保安大隊。我的工作機動又有危險性，家人和朋友都不時為我擔心，但當警察是我的志願，所以我無怨無悔。多年前我為給自己一個歷練及開拓視野的機會，當高雄騎警隊成立時，我立即報考，也有幸被錄用，之後就是一連串的騎馬及防衛打擊訓練，經過嚴格檢定考試合格，才能在假日騎馬出來執勤，平時我們還是在原單位做分內的工作。」

「以前我們剛開始出來執勤時，民眾不太了解，還認為我們是花瓶，不知效用為何，其實即使我們騎在馬上，亦有防範及打擊犯罪的功能。我覺得騎警隊是代表一個城市發展的象徵，要夠成熟跟進步才會有我們的出現。我加入騎警隊不但學會馬術，還能在執勤中與民眾互動，那種親民的方式我很喜歡，雖然假日出勤沒有加薪，但能經由親民互動及專屬粉絲團網頁寫文案，讓民眾了解警察的工作內容，對警察不再持排斥態度，是我執勤中最高興、最感安慰的事。」

文武特質兼具的小龍，談話中散發著自信與熱情，小龍說騎警隊成員平時忙碌於本職工作，假日才騎馬出來和民眾見面，工作雖忙碌，但大家都忙得很開心，覺得付出很有價

值，有幾位同仁還因此締結良緣。

　　小龍的警察故事，與海軍人員忠義勇敢的故事一樣，都讓聆聽人不自覺地會向他們致上最敬禮。

大嫂值得學習的待人處事之道

谷華是夫家的大嫂，我和她的姻緣善果結了 30 年，即使時光催人老，青春不再，我們妯娌之間的感情，並沒有嫌隙與心結，反而隨時間的累積有與日俱增的徵候出現。

想起 30 年前剛嫁入夫家時，第一次和大嫂見面，可能因為當時的我自信心不足，待人處事能力尚嫌青澀，所以手足無措，不知如何是好，而且內心緊張害怕的程度真是難以形容，那時候的我只覺得都市人看起來都精明無比，不是我這個來自澎湖鄉間的女子得以跟隨得上的，對於以後要跟大嫂長期相處，充滿了無以名之的未知感。

經過長時間的相處及共同處理、面對許多事情後，我才發現其實大嫂是個好相處又會貼心為人著想，富有領導特質及邏輯力超強的人，而且是個對子女教養用心及凝聚家族情感的精神領袖，她的心胸寬大，不與人計較的心，贏得親朋好友們的好評與讚賞。

雖然大嫂的主業是家管，但她絕非是個沒有見過世面的人，有時候我都覺得談吐不凡，學知識都走在時代尖端的她，怎麼都無法把她跟家庭主婦劃上等號，甚至於有些問題，我這個上班族都要向她請教，她的萬事皆通，辦事能力之強，讓我深覺不可思議，也對她待人的用心佩服不已。

大嫂不但對她娘家的兄弟姐妹及他們的子孫很好，對夫家的弟妹及家人也用心至極，她的所做所為，都堪為子女及我們的表率，我要把大嫂的善言懿行實踐在我的生活上，讓我的海軍家庭及孩子的未來都充滿溫暖與美好。

中間站立者為大嫂

36年，我在海軍的美好時光

認真負責，是妳的另一個名字

當妳還是個青春臉龐的窈窕少女時，受到擔任海軍上士的父親畢可朋鼓勵，在民國 62 年就進入海軍通信電子學校服務，擔任圖書管理員的工作，面對許多年幼的海軍常士班青春學子，總能耐心以對，愛心呵護，尤其是少小離家的他們遇到問題時，圖書館成為他們的避風港，妳就成為他們的母親或姐姐，專注傾聽並提出建言，讓他們不安的心有個依靠的港灣。

生於軍人家庭的妳，從小就居住左營軍港附近的眷村，母親為家管，家中六位兄弟姐妹含妳，分別以「勤儉勉勵榮華」命名，妳小學就讀海軍子弟學校，復華中學畢業後，進入海軍服務，就此展開了即將達半世紀的海軍歲月，妳不但嫁給身為海軍軍官的臧永臣，也把妳人生最精華的時段奉獻給海軍，還鼓勵一兒一女從軍報國，現今分別服務於海軍司令部及後備指指揮部。

由於國軍組織變革，民國八十五年，四所兵科學校合併為技術學校，妳也人隨單位轉，依舊從事圖書管理員的工作，當時妳還是把來校受訓的學員生，還有學校教職員，都當成自己的小孩愛護，生病的、受傷的、心裡有問題的，妳都能對他們噓寒問暖、關懷備至，讓這些同學與同仁都有如沐春風、溫暖在心的感覺，當有人對妳的言行有所讚揚時，妳卻謙稱這是妳該做的事，妳甘之如飴，婉拒別人的讚揚。

服務於技術學校不算短的時間，每每說起過去的林林總總與現今的萬千變化，妳總是端出善解的心，語多懷念，滿是感恩，妳說：「早年學校生活設施簡陋，連停車的車棚都沒有，更別說資料資訊化管理，但隨著時代進步，海軍也與

時俱進，這些年，我看到所有訓練裝備的更新，教學設施的進步，我也看到許多年輕軍官士官的成長，也遇到曾在校服務功成身退的袍澤，對於技術學校給予的一切，大家共同的心聲就是感恩與榮耀。」

人生價值的好壞，端看自我的評價，妳說：「從少女時代到資深熟女，我把所有心力皆投注於工作上，有同仁來借書還書，我都會跟他們聊聊，見需要幫助者，就會主動伸援，因此和許多同仁都培養成莫逆之交，我很珍惜這些得來不易的友誼與人生經驗。」

這是圖書管理員畢務華小姐的精彩海軍歲月，畢姐說只要在學校的一天，會一直認真工作，用心付出，因為人生能夠擁有這樣的善緣實屬難得。看到對學校事務熱心與用心的畢姐，讓人覺得「認真負責」是妳的另一個名字，學校因為妳的參與，內容更為精彩。

浪子回頭賣香蕉

每天騎車上班的路上，都會經過蓮池潭哈囉市場，在接近孔廟路段，有位開著發財車的老板，載著整車的香蕉在叫賣，由於他賣的香蕉香甜好吃又便宜，所以我都會停下車來向他購買。

剛開始向他買香蕉時，看他滿口檳榔，講話江湖味，只要有人亂殺價，他就會眼露兇光，言無善意回應對方，這樣的場景讓我很忐忑，也為那顧客捏一把冷汗，不過不管老板再怎麼兇，他對我一直是持以尊重態度，我每次買完香蕉就趕著上班，所以沒有時間與他閒話一番。

買了這麼久的香蕉，我一直都不知道他的姓名，就姑且稱呼他為 G 先生吧。

這天是週末，我比平常早一些時間到菜市場，別攤的香蕉我都沒興趣，只要要買香蕉就會來找 G 先生。他整車香蕉擺出來，就像在開一場黃亮亮的香蕉嘉年華會一般，我一旦走過路過就絕對不會錯過。

這天因為時間早人潮少，G 先生一見到我就詢問「姐姐怎麼這麼久沒來買香蕉呢？」「我這個禮拜出差」，G 先生又問「請問姐姐是當老師嗎？」他並舉手合十問我是不是有在修佛，我回以「不是，我在海軍擔任行政人員，我沒有修佛，但我心中有佛」。

這樣的開場白後，我問他要不要報考海軍，G 先生就侃侃而談自己曾經因案坐牢跟當流氓受管訓的經歷，若非他母親不離不棄，每週都坐車翻山越嶺到監獄看他，數年如一日，他也不會受到感召，浪子回頭，如今能娶妻生子，以勞力賣香蕉維生，擁有穩定的生活，他很感謝他母親。

壹、人物篇

他說他跟我聊天，感受到好磁場，我趁勢規勸他戒除檳榔，並跟他說他長相端正，若戒除不良習性，相由心生，必能擁有美好的未來，聽了我的良性建議，他的言談變柔軟，眼神轉溫和，我騎車離開時，仍感受到一股溫馨感流轉在我和 G 先生之間。

令人窩心的麗芬阿母

　　單位裡負責文書工作的李麗芬小姐，是個個性認真、熱心助人、主動積極的聘雇人員，雖然在海軍工作的年資已經超過 30 多年，但仍保有新進人員謙恭的初衷，隨時都抱持著菜鳥的學習心待人處事，善良純真，只要與她相處與接觸，都會自然感受到她的熱情與溫暖。

　　麗芬對於文書處理的規定與流程瞭若指掌，與時俱進，並經常與各級單位的文書人員交流與協調，若規定有更新或是流程有改變，她都能立即獲得第一手訊息，提供給單位裡的長官同仁們知曉並據以執行。她的個性溫和，處事細心，抱持的理念是「在不違反規定的範圍內，給人方便，主動並熱忱地提供服務，即使耽誤自己下班的時間也不在意」，因此，獲得許多同事的喜愛與欽敬。

　　尤其現在來單位裡服役的官兵多為七、八年級生，他們在工作中經常能感受到來自於「**麗芬阿母**」的溫暖與窩心，她就像「媽媽」一樣地對他們包容與照顧，大家都覺得在此服役有「家」的感覺，在關懷、安全、幸福的氛圍中，工作更生戰鬥力與效率。

右二為麗芬阿母

熱忱助人，主動積極的張姐姐

　　海軍技術學校總務處掌理公文收發工作的聘雇人員張玉紅小姐，是個認真負責，勇於任事，個性熱忱，主動積極的同仁，不但負責文書工作，將各項公文都依規定辦理得滴水不露，對於非分內的事情亦能秉持熱血，主動投入，同事們有困難或問題，她即會端出「媽媽的愛心」，出手幫忙，鼎力相助。

　　尤其學校有辦理各項慶典時，張姐姐都利用校園現有花材及午休時間幫忙布置會場，節約公帑，任勞任怨，心中只想著「極盡己力，為團隊任務完成而努力以赴」，別無其他的想法。

　　另一方面，張姐姐雖然長年茹素，但其廚藝絕佳，同事們常常都可嘗到她親自下廚，做出的美味佳餚，每個人都吃在嘴裡，溫暖在心裡，尤其她親手煮出來的香醇咖啡，讓人喝到的不只是咖啡，而是有溫暖的味道，張姐姐的熱忱，締造單位人員的團結和諧氛圍。

　　每個人都有不同的潛力，在不同的崗位上扮演小小螺絲釘的角色，只要大家都能抱持合作無間，無私奉獻的心，為單位的成長與進步而努力，這將是一個凝聚向心與團結力的幸福單位。

左一為張姐姐

36年，我在海軍的美好時光

醫路有愛的李慶威醫師

台北榮民總醫院心臟科醫師李慶威曾經分享他的看診經驗，他說：「一位住內灣的榮民老伯伯，每個月都要來看我的門診，其實也沒有吃些什麼特別的藥，每次為了要看診，他都要搭早上 5 點多的車來桃園榮總一趟，勸過他好幾次，拿慢性處方箋或是轉去竹東榮院看，他都笑笑的拒絕，就這樣過了 2 年，也沒放在心上。今天一如往常，跟他打了招呼後，給他用聽診器聽了一下（之前沒聽，他會說，你不聽聽，怎麼知道我好不好丫），我說，伯伯一切都好，照常拿藥囉～他對我說：『你知道我為什麼喜歡給你看病丫？』我回說：『不知道耶！』他說：『因為你跟我兒子一樣大，你很棒，當醫師，但我兒子已經死掉了。』我當場像是被電到一樣從椅子上站起來，順手扶了一下老先生，送他出診間，看到他輕拭淚水，心頭也是一緊～伯伯，下個月再見！」

李慶威醫師，畢業於國防醫學院，目前任職北榮心臟科，每週有兩天在桃園榮民醫院看診，每每來看診的多屬年長的榮民伯伯，他們行動緩慢，髮蒼視茫耳不靈，但心都很清朗。李醫師皆秉持愛心與耐心看診，除了對「心」症下藥外，還要聽聽他們的生活「心」聲，他們才會帶著歡喜滿足與感謝的「藥」離開。

李醫師說：「來看診的伯伯年齡都足以當我爺爺或爸爸，所以我對他們都非常尊重禮遇，身體有問題的除了問診外就安排檢查及治療，對待慢性病病患的詢問，我都耐心回答，最重要的是要給他們安慰與支持，誠摯的態度與溫暖的言行，還有醫生對病人的愛，就是給予他們的最好特效藥。」

壹、人物篇

李醫師從醫多年，對病患有愛心，把病患當成自己的家人在照料，並耐心找到對他們治療的最佳方式，他對家人及親朋好友，也都是溫暖貼心的，他說從醫之路因為有愛所以不孤獨，將來會繼續在專業上做研究，找到最佳的醫療方式為病患提供最好的服務。

右一為李慶威醫師（爺爺是海軍軍官，爸爸是陸軍軍醫）

36年，我在海軍的美好時光

以讀書為樂的兒子

107 年就讀研究所的兒子小安，其實在大學以前所表現的一些態樣，都讓我覺得他不是塊讀書的料，於是許多事都放手任他發展，他愛打球就去打球，愛跟朋友出去就出去，對他讀書這個部分，我沒有抱持太大的期望。

就是因為這樣，當他大學畢業要考研究所時，看到他報的學校都是超乎他能力的學校，我心裡不禁忐忑起來，總是苦口婆心地建議他選幾個降低標準的學校，以免遭名落孫山之命運。

後來的結果，正如他的期待，每間報考的學校都獲錄取，他才跟我說：「就是不給自己有退路，才能認真努力做準備，也才能考上我理想的學校。」我這也才知道原來那段準備考試的期間，他謝絕所有的活動，把時間都投注在書本上，就像他講的，他不是在圖書館，就是在往圖書館的路上，而所有他報考的研究所榜上有名，就是他努力後所得到的成果，他覺得這樣的果實很香甜，我們全家也因他而感到榮耀與幸福。

「學無止境」成為他在讀書這部分最好的說明，因為讀研究所之後，除了課業，他接著準備高普考及技師考試，每每看他埋首書堆，筆記密密麻麻的，痘痘不時從他臉上竄出，我既感動又心疼，常常奉勸他放下書本，好好休息，但他說：「考試在即，不能鬆懈，等到考完試，再休息不遲。」

考完試，我們怕他有得失心，都語帶輕鬆地跟他說這次沒考上沒關係，明年再考也可以，但看兒子臉上展現一種堅毅的決心，我知道我們多慮了，不如靜心等候佳音。去年年

底及今年年初紛獲他高普考及技師雙雙上榜，對於兒子的表現，我真的刮目相看。

　　而今，他又開始重拾書本，準備另一種技師的考試，對於這個自動自發，生長於海軍家庭，讓人放心又以讀書為樂的兒子，我真是越看越歡喜呢。

陽光樂觀的李佳軒上士

那年去陸軍步訓部幫學校壘球隊加油，開車載我們這些加油團前往的駕駛是李佳軒，行車途中，大家一起閒聊，凝聚同仁情感。佳軒不但開車穩技術佳，講話也很逗我們開心，讓搭車的同仁一點兒都不無聊。

我問佳軒：「當初為什麼會選擇軍人這個行業呢？」

「因為父母親有很多親戚朋友都在當軍人，我高中一畢業，他們就鼓勵我來報考，有幸考上，也有幸調職到我們學校服務，幾年下來，我越來越覺得自己很適合軍人這個行業，這是我樂在工作，安適自在的原因，這兩年我還參加公餘進修，希望在四年內完成大學學資。」佳軒答。

多年後已晉升至上士的佳軒始終保持一貫笑容，遇到任何事都能一笑置之不放心間，與同仁們相處和諧，喜歡助人，每每總在助人後再完成自己的工作，他言談之中讓人感受到的不是抱怨而是歡喜，他說他當初是聽從父母親的話來從軍，但這些年在軍中學習到很多待人處事的道理，而且生活無虞，他不但不後悔當初的選擇，還覺得感恩不已。

他要跟和他一樣的年輕人說：「從軍真的是人生最好的選擇，至少我從中獲益甚多，歡迎有志青年一起高唱『從軍趣』。」

右二為李佳軒

大氣勇氣骨氣集一身的吳誌安中校

　　某年夏天的強颱過後，單位裡的老樹被吹得東倒西歪，無一倖免，整齊校園變得滿目瘡痍，為讓校園儘早恢復景觀，當年的海軍技術學校總務處處長吳誌安中校犧牲中秋連假，回到學校，鋸樹清理校園，開山闢路，讓同仁們收假上班，清理環境總動員時，能夠通行無阻。

　　在分配清理災損工作時，處長總是一馬當先，以身作則帶頭做，即使眼前被肆虐的樹葉樹枝，呈現出一片狼藉模樣，讓大家不知從何清理起，即使他已疲憊不堪，但仍提起精神，在有效的帶領與分配中，讓大家很快各就各位，在分配的範圍裡，分工合作，進行災損區塊的清理。

　　果然是以效率掛帥的團隊，原本全區殘枝損木滿地，沒多久，在大家不分你我，通力合作中，一一恢復美麗校（笑）容，讓人不自覺地喊出「團結力量大」的聲響，當大夥兒清理一整天累癱的同時，處長仍來回穿梭在校園每一處角落，處長不是帶領上前線參戰的將領，但大家覺得他是我們心目中最佳的標竿。

　　平時在各種公事的協調及指導，處長下的決策都是明確又明快的，讓部屬不會把時間花在無謂的猜測與無所適從中，每件事，他都能未雨綢繆，事先研析，若有任何問題，也會主動找參謀討論，他所持的理念不是一言堂，而是所有事都可以提出來討論，即使提問的問題不成熟或未有建設性都沒關係，他都會以誠摯的態度與尋找答案的精神，與部屬共同學習，一起成長。

　　「我喜歡凡事說清楚，講明白，不刻意討好長官，也不對部屬鄉愿，公事追根究底，私事予以尊重」，這是處長平

時閒談之間，吐露的處事原則，他不是說說而已，而是把每項原則都實踐在工作上，言而有信，熱忱助人，決策以大處著眼，不為小事琢磨，每當我們一起處理公事完畢，他待人處事大氣的典範，都會在我們心中蕩漾，久久不去。

左三為吳誌安

贏得美嬌娘芳心

　　每次在建慶的臉書看到他家人活動的相片，都會對他娶得一位集古典美貌與氣質非凡於一身的美嬌娘，讚嘆不已，不只他異性友人會發出「你上輩子是燒了多少好香啊」，就連同性如我，也會對氣質出眾，美若天仙的她驚為天人，所以心裡總是納悶，建慶是怎麼「把」到這位天仙女子的。

　　首先要先聲明的是建慶並非其貌不揚，他是個高帥、學養均優的謙謙君子，只是以他美若天仙妻子給人的感覺，他應該是眾多追求者中脫穎而出者，卻不知他是如何讓他妻子甘願嫁給他，而且還為讓工作經常北調的他無後顧之憂，辭去工作在家全職照顧兩個幼女，多年如一日，甘之如飴。

　　這些心裡的疑問，直到那天建慶到我們單位來出差，趁著空檔，我才有機會請他釋疑，而樂觀正向的建慶這才把他和妻子如何搭上姻緣線的過程，向我娓娓道來。

　　建慶說：「那年我讀專科，而她還是高中生，我和同學到旗津沙灘遊玩，巧遇和家人到此一遊的她，我想很多的緣分都是上天註定，因為沙灘上人潮洶湧，但我遠遠地就看到她，因為她帶著她的小妹在玩水，我覺得這樣很危險，就前去跟她說明潮水有看不見的危機，請她小心為是，並互留連絡方式，之後我進入軍中擔任職業軍人，派任軍艦服勤，為不影響她課業，有段時間沒有聯絡。」

　　「直到我調至陸地單位任職，我才主動積極與她交往，而這中間她不乏有追求者，而且追求者的條件都比我優，不過當她認定我是她值得託負終身的佳偶時，即使再多優秀的追求者，都比不過執著熱血對她一心一意的我，因此，在五年前我們互許終身，現在擁有兩個可愛的女兒，家庭幸福美

滿，我感謝妻子的付出，讓我全心投入工作。」

　　美麗愛情結下幸福果實最讓人舒心，聽完建慶贏得美嬌娘芳心故事的那一天，我的心裡不時漾起幸福的浪花。

雨豆樹士官長

　　我們單位以前有位很會寫詩，工作表現又優異的士官長許寶來，前些年調職至別的單位任職，他在學校擔任教官時，因為學校門面有一棵百年歷史的雨豆樹，高高美美的，富詩情畫意的，所以他經常以「雨豆樹」為題或是在詩中不時提起與雨豆樹相關的詩詞，因此，我私底下稱呼他為雨豆樹士官長。

　　寶來士官長是由義務役轉服為志願役的士官，當年這樣身分轉換的人不是很多，我經常會請教他轉為志願役的心路歷程與原因，他總以堅定的眼神與話語跟我說：「我原來住在台東偏鄉，對於海軍根本一無所知，直到到海軍艦艇服義務役時，我才知道自己的內心住著一個海軍魂，對於海軍的種種制度與精神，都是我內心深處渴望接觸的事物，行船於海上，更讓我有種『壯士海上行，保家衛國我最行』的深刻感受，於是當我想要簽下志願役的那一刻，我就告訴自己我準備好了，準備當個海上男兒迎接挑戰，準備以海軍為一生的志業啟航。」

　　在艦艇上歷練多年後，剛好當時的兵器學校（現已併入海軍技術學校）助教職缺在甄選，嚮往教育工作的他前來甄選，因艦艇經驗豐富、專業能力強、口條清楚，獲甄選成為學校合格教職人員，多年的用心努力與進修，讓他從助教升任至教官職務，期間春風化雨，作育英才無數。

　　後來寶來為給自己一些不同領域的挑戰，他還曾調任學校的士官督導長及秘書等工作，接任每個職務時，他都保持謙遜學習的態度，不斷地向前輩們請教，當他精研專業，見多識廣，累積多年的成長經驗後，他也會將海軍同舟共濟、

忠義團結等精神傳承給年輕世代的同仁們，他無私奉獻的心，令人欽敬。

近期再遇見他，他外表給人成熟穩重的感覺，但臉上無瑕的笑容依舊，言談內容更可做為現今服役官兵的典範，他說：「正如當年簽志願役時，我給自己的喊話一般，行船人生至此已逾二十多年，也調職過許多不同工作性質的單位，每項工作我都認真投入，用心學習，不管是艦艇還是學校，甚至於接待賓客的單位，我都秉持初衷，以海軍為家的想法與志願從未改變過，日子越久，張力越深。」

我看到這位雨豆樹士官長的青澀年華，也看到他煥發成長的年代，更見證到他為求把更好的內容授課予學員生，不斷到民間學校進修所獲成果，他說：「做任何事，只要有心，就會收到預期的美果，現在我已晉升到士官長，但我還是以謙遜恭讓之心來帶領新進弟兄姐妹，希望以自身的經驗，告訴他們忠義傳承與不怕艱難困苦的海軍精神，就像不怕風吹雨打，永遠堅定倚立、開枝散葉扶搖直上天際的雨豆樹一樣，我要以身作則讓這些精神藉由平時的帶領，淺移默化到每位官兵的身上。」

一顆小樹苗經由海軍培育成長，已長成如大樹的雨豆樹士官長，服兵役前才高職畢業，還當過修車學徒，如今擁有海軍各項專業技藝及頂著碩士學資的頭銜，和擔任教師的妻子育有一對兒女，現在經濟無虞，生活恬靜幸福，居住於旗山鄉間，享受寧靜詩意，空閒就自製木石藝品、耕田種花弄草，人生圓滿的他，經常在各個場合鼓勵年輕學子，加入海軍，成就一生不凡夢想，因為已圓夢成功的他，就是從軍最好的見證案例。

36年，我在海軍的美好時光

大氣勇氣令人放心的李宥運

「勇於面對，事事無敵；專業用心，無懈可擊」，這是大家對總務處人事官李宥運的一致評價，雖然長相成熟，講話緩慢，但就近相處後，才知道宥運是個貼心窩心，認真負責，喜歡為他人服務，人際關係良好，想法有創意的年輕智者。

宥運大學畢業後就報考海軍官校專業軍官班，經過軍校一年的洗禮，民國 99 年掛階少尉，即成為一位昂首自信的海軍軍官，由於他選填的是行政官科，所以他在許多單位歷練過各項行政業務，遠到金門指揮部、蘇澳基地、近則在左營基地的艦隊指揮部及新兵訓練中心，不管負責的業務為何，他都能完全投入，勇於負責的態度顯現在他處理的每份工作上。

「操千曲而後曉聲，觀千劍而後識器」，宥運就是一個看起來平凡，但接觸後才知道是塊寶石的人才，而且他從不為小事計較，也不會在乎別人對他的評價，他只要求自己處理各項業務，都能在限期內完成，對於他人請求幫忙的事項，亦能在規定的範圍內，為別人解決問題，當我們單位裡有臨時交辦的任務時，他也是第一個站出來為主管分憂解勞的人。

同仁們的相處完全沒有芥蒂，大家開誠布公，有事也會說清楚講明白，處理公務，皆能端出熱忱與溫暖為他人服務，讓每件事都在開心幸福的氛圍中完成，因此我們辦公室，是人人想來洽公，洽公後不捨離去的地方，而宥運就是居中締造和樂的重要人物。

宥運因為處事令人放心，職場表現優秀而調占上階晉升少校，能夠獲此殊榮，大家皆認為是實至名歸，但他卻謙稱是大家的幫忙與支持，他才得以有機會晉升，他的態度讓人相信大氣勇氣，從軍不悔的他，將來得以揮灑的空間，將是無邊無限。

所向無敵的李季蓁

擔任過陸戰隊排長的李季蓁，身形雖然嬌小，外表看起來也柔弱，但內心卻有一股強大、打不倒、壓不垮的無形力量，任憑各種困難與挫折如排山倒海而來，她都能以「泰山崩於前，仍能面不改色」的從容態度應付，堪稱所向無敵的女超人。

民國 98 年畢業於長榮大學金融經濟系的李季蓁，由於對勇敢自信、帥氣挺拔的軍人這個職業有憧憬，因此，當同學拿著專業軍官的招生簡章在研究時，她也興緻勃勃地一起做功課，經過資料彙整與通過各項測驗，幸運考試合格，錄取陸戰隊專業軍官班。

99 年完成學業，畢業分發陸戰隊，季蓁從一個什麼都不懂的老百姓，經過專業訓練與職務歷練，變成一個處理任何事情都沒問題的無敵幹部，不管是演訓工作，還是人事後勤業務，她都處理得圓滿完善，可圈可點，深獲各級長官的肯定。

隨著年資逐年累積，不再是新手的季蓁並沒有表現出「不可一世的樣子」，反而做任何業務，都能端出為他人著想的念頭，以完成任務為先，不給他人壓力，她說：「只要工作能完成，不要故意刁別人，拿著雞毛當令箭是最要不得的行為」，和她一起合作的同仁都同感歡喜與自在。

季蓁個性隨和，待人親切，沒有不良嗜好，對於交付的任務，都能熱忱以待，積極行之，雖然家住台南，工作在高雄左營，她從來沒有因為路途的遙遠而遲到早退，也沒有因為家庭小孩瑣事而耽誤工作，我相信幽默又大而化之，選對職業的她，一定能將每一個軍職工作，做得盡善盡美，所向無敵。

遇到鄉親，找回鄉音

　　近期我們單位調來一位年輕同事阿蒼，看看她填寫的個人資料，覺得很欣喜，原來她和我同鄉，都是來自於海島澎湖，人從故鄉來，應知故鄉事，所以只要有機會交談，我就會跟她聊聊海島情事，以解長久以來的思鄉情懷。

　　漸漸熟稔之後，我們從離島中的離島，聊到成長的生活型態，在在都說明了阿蒼跟我是同鄉沒錯，因為她生活的林林總總，還是一些風俗跟習慣，就是我們澎湖人特有的，譬如去海邊撿螺獅、游泳潛水、到荒野拔風茹草、在田地裡種花生、大家族一起吃飯，另外還有對談澎湖台語呷胡（吃魚）、模窟奪（要去哪裡）、命歹（做什麼）等等，這些特徵都證明阿蒼是在地人不假。

　　所以，我們不管在聊公事或是講澎湖事，都會在交談中穿插著一些口音重的鄉音，聽在其他同事的耳裡，都覺得新鮮又有趣，他們還會不時地請教我和阿蒼很多東西或動作的「澎湖台語」要怎麼說，當我們當起小老師的時候，總是為辦公室營造出一種的和樂氣氛來。

　　「命歹」，是我喊阿蒼名字時，她的慣用回答，不知道原由的人，可能會以為她說她歹命，其實事實不是如此，尤其聽在我耳裡，能夠在他鄉，遇到鄉親，聽到這樣熟悉的鄉音，我覺得既親切又窩心，一整個幸福感環繞流瀉，從頭至腳，都有感。

正向樂觀的心輔官

　　畢業於國防大學政戰學院的 L 上尉，目前擔任的是心輔的工作，之前保防官未派補時，他還兼任保防的工作，即使每天忙碌不休，但他從未口出怨言，面露不悅，反而還在他的心輔業務忙碌中，騰出時間以歡喜心協助他人完成各項考查工作。

　　後來他會被封為「學務處暖男」的封號，其來有自。因為只要別人有困難請他幫忙，他都會義無反顧地當成是自己的事在辦，而且辦得盡善盡美，不會讓人還要有處理後續的情事發生；軍士官兵如在生活或工作上遇到問題，他也會用心傾聽，想辦法或協調業管單位，為他們的問題找到解決的方法，若是個人的問題，他也會運用自己的心輔專業，給予當事人輔導，幫助他們走出困境與幽谷，他說：「當我看見受輔導的人員，能夠自立自強，重拾信心，迎向陽光，我的心會跟他們一樣，陽光也會順勢飄進來，所謂幫助別人是幫助自己就是這個道理。」

　　向來陽光正向、微笑樂觀的 L，每次和他相見，總讓人喜歡和他多聊幾句，因為「跟樂觀的人在一起，才會擁有更多的快樂」，這是我在職場三十多年的人生體會，我常就自己的人生經驗給 L 一些鼓勵與建議，譬如說未來的職涯規劃，或是繼續研讀更進一步的學業等，他都專心聆聽，認真求知，並將我們的談話內容收拾起來當成他未來規劃的參考，讓人感受到他是個可造之才，未來的發展必是無可限量。

但這樣的陽光男子，也不是一開始就是這樣，有一回與他深聊之後，才知道他曾有一段陷於黑暗的人生時期，他說：「我小時候，爸媽就分開了，媽媽帶著我跟弟弟生活，為了償還爸爸留下來的賭債，媽媽辛苦工作還要照顧我和弟弟，所以我國中畢業，為了減輕家中負擔，就報考免學費又可領津貼的中正預校，畢業後直升政戰學院，不過在我就讀政戰學院時，弟弟卻與酒駕者相撞而失去生命，那時媽媽痛不欲生，我也傷心難過不已，對於酒駕者非常怨恨，一直走不出來，後來經由許多人的幫忙，我們才走過那段讓人不堪回首的時光。」L 的故事讓我驚嘆不捨，原來樂觀的人背後有這麼令人心酸的過去。

　　L 在訴說這個故事時，臉上已不見傷痛，他說：「眼淚往下掉，但湯匙卻要往上提，生活還是要過下去，有時錯誤的火車，會載你到目的地。」就這樣，L 在大學同學及學長姐的幫助與支持下，走過情緒的幽谷，才順利從政戰學院畢業。

　　分發到海軍的 L，任職過陸戰隊、艦隊及新訓單位，他說由於這些單位學長的帶領與教導（嚴格裡有親切、無距離中有關懷及良好的情緒管理等），讓他在潛移默化中學會待人處事的道理，更能以同理心對待和他共事的人，現在在單位裡擔任心輔工作的他，就是要心同此理，輔助他人，能夠「做好該做的事，把該做的事做好」，就是有溫度的 L 覺得最暖心的事。

陽光暖男的背後

　　阿鴻剛調我們單位時，由於和我有業務上的接觸，讓我看到他開朗熱忱的一面。尤其有一項業務，從我跟他溝通「處理流程別拘泥於程序跟時間，要在規定之內適時給人方便」後，他就舉一反三，展現親切，沒有堅持執著與食古不化，讓我在年輕的他身上，看到超乎年齡的溫暖，「暖男阿鴻」頓時就成了他的新封號。

　　後來有幾次的閒聊，才知道阿鴻「溫暖」的背後，其實藏著一段不為人知的過去。阿鴻說：「我讀國小的時候，媽媽與爸爸因故離婚，媽媽既要獨力撫養我跟弟弟，還要償還爸爸留下來的賭債，生活過得相當艱辛，見證到媽媽的辛苦，所以我國中畢業就報考不用學費的中正預校，接著直升政戰學院就讀，我想要藉由自己的努力，與媽媽一起改善家中生活。」我以為阿鴻就此苦盡甘來，但他回以艱苦的事還繼續發生著……

　　阿鴻接著說：「就在我學業穩定，家中生活改善，我們母子三人正歡喜於幸福的當下時，弟弟卻無預警地被酒駕者追撞身亡，這件事讓我跟媽媽久久都走不出傷痛的陰影，對於酒駕人的痛恨更不是一時半刻可以說得清的。」

　　「在學長姐和同學的輔導下，我經過好長一段時間才從幽谷中獲見陽光，而媽媽這條『白髮人送黑髮人』的傷痛路則走得更長更遠，直到十年後才慢慢走出來。」

　　畢業後工作內容是輔導他人的阿鴻跟媽媽相依為命，阿鴻經常因為工作歷練要調職他處上班，媽媽則在職場上闖出屬於她的一片天地，我問阿鴻說：「談起以前的事，會不會重啟你痛徹心扉的傷口呢？」阿鴻嘴角微揚地回答：「過去

的種種譬如昨日死，再難過我弟弟也不會死而復生，我現在已經走過幽谷見陽光，只珍惜當下的日子，做好該做的事，好好的孝順媽媽最重要。」

　　原來陽光暖男的背後，在走過黑暗後，陽光依然高照。

學無止境，更上一層樓——宛儒的故事

初見她時，真的被她的美貌與完美身形給震懾，心想世界上怎麼有這樣年輕漂亮又完美的女生，最重要的是，在學長姐的迎新會過後，她即將要成為我就讀中山大學行銷傳播研究所碩專班的同學，我雖不敢置信，卻倍感榮幸。

我們讀碩士一年級時，因為很多必修課，所以常常在一起上課，由於大部分同學都正值青壯年，頭腦清楚，反應迅速，相較之下，年過五十反應較慢，未跟上時代的我更顯突兀。

宛儒是八年級生，和我兩個兒子的年歲相去不遠，對於和兒子同齡層的同學一起上課，我真的不知道該如何跟他們相處，尤其我的資質不佳，學習緩慢，因此宛儒就經常扮演救火隊，伸出援手，解救隨時瀕臨學習溺水的我，讓我學習之路才會越走越順遂。

很多研究所的課程，我們都一起修課，一起做報告，在準備課業與報告期間，我常常在宛儒的認真與反應裡，看到聰慧與靈光面。去年我們一起修習公共事務的課程，並遠赴離島澎湖上課，在三天兩夜的學習中，我們不但學到各項理論與實務相結合的成果，也凝聚了彼此的同窗情誼，雖然當時澎湖是起風的季節，但我們的學習之旅卻是溫馨與知性滿滿。

宛儒曾在百貨公司工作，也曾在某科技大學擔任秘書職務，一般人對漂亮的女生都會產生一種「花瓶」的想法，但跟宛儒相處的這段時光，我發現她其實是美貌與能力兼具，積極、主動、熱情與貼心的人，行動派的個性與我很相似，有句話說：「與積極樂觀的人在一起，你也會變得積極樂

觀。」這就是一種潛能的激發，任職海軍的我和宛儒皆屬同類型人，在相互砥礪中，逐步往我們目標前進。

大學學的是經濟，但後來怎麼會選擇行銷傳播這個不同領域的科系就讀，宛儒說：「當初選擇行銷傳播管理研究所就讀，是因為想給自己一個挑戰的機會，兩年來，我為這個正確的決定感到幸運和驕傲，雖然研究所同學不乏新聞、傳播學系出身，讓非本專業的我覺得自己有所不足，但不服輸及追求完美的個性敦促了我，我認為既然選擇了所愛，就應該愛我所選，因此我除了上課專心、從不翹課外，也會因應課堂需求自學一些例如影音剪輯、統計軟體操作、視覺化圖表製作等來強化自己的軟實力，我樂在學習，也因為學習讓我發現生活可以如此拓展和深化、可以如此的不一樣，更體認到只要有努力就會有收穫的成就感。」

宛儒憶起年幼和爸媽到西子灣看落日海景時，懵懵懂懂的她曾隨口允諾父母親「長大就去念這間有海的大學」，如今，她真的做到了，甜美的微笑展現出她即將畢業的幸福感，而學無止境、更上一層樓的她，總在經過中山大學校門口時，從前美好的記憶一一被喚起，也喚起了她如寬闊海洋的抱負與希望。

艦長改行吹口琴

　　記得不知道是在哪個週末的夜晚，我和老公閒來無事，一起到高雄的漁人碼頭閒逛，就在一處街頭藝人表演的小方塊裡，遇到從前在海軍服役，曾任陽字號艦長，已退伍多年的熟識友人張尚平，好久不見，分外開心，彼此一陣寒喧問候，他告訴我，他原來就喜歡吹口琴，退伍前忙於公務無暇展現才藝，退伍後，閒暇時間多了，就去參加街頭藝人的證照考試，也順利考取，現在經常和一些玩樂器的同好在高雄各地演出，吹奏他最喜歡的口琴，他覺得這樣的生活既充實又有意義，說著說著也不忘拿起口琴，為我們吹奏兩首輕快的曲音來。

　　尚平是完成陽字號艦長職務，二度調來學校單位和我當同事。我們十幾年前就認識，那時我就覺得他是個認真負責，有責任感，服從性高的革命軍人，尤其他的為人就如海軍人一樣，有寬擴的胸懷，格局眼界都很寬廣，從不在小事裡琢磨，或與人在細微處計較，所以才在不久後，就榮獲調任海軍陽字號（驅逐艦）艦長，帶領全艦官兵乘風破浪，同舟共濟，為保國衛民的任務戮力向前，不管風有多大，浪有多高，都無法阻擋他勇往向前的決心，他覺得天下沒有解決不了的事，衝不破的困境，問題是自己是否有堅定的信念與決心而已。

　　時任艦長的他，雖然凡事以任務為優先考量，但時時也繫念著全艦官兵的心理狀態，對於較不能適應艦艇生活的新進人員，他都會多加關懷，時時留意，官兵生活空間的舒適也是他重視的範圍，在他的想法裡，他覺得要營造一艘有向心力的艦艇，一定要把大家的福利照顧好，凡事同理心地站

36年，我在海軍的美好時光

在對方的立場上想，當全艦官兵都有「同舟一命，這是我的船」的觀念時，那麼必能團結一心，為任務賦予及各項挑戰付諸心力。

當他歷練艦職期滿，調職至另一位職務時，全艦官兵都非常地不捨，但天下無不散之筵席，再怎麼好的團隊成員，終有分離的一天，擔任艦長的他只告訴大家「地球是圓的，轉來轉去都有可能再轉在一起，海軍就是這樣，船頭不見船尾見，大家接獲任務時，只要保有平常心，快樂的出航，獲得的結果必然是勝利成功。」之後，不管他到哪個職務就任都保有熱忱又為人著想的心，所以和每位相處的同事都留下美好的記憶，和我相處的狀態也正是如此。

當他告知 youtube 網站可以看到他在各地的口琴演出時，我回家立即上網觀看，仔細聆聽，覺得尚平的口琴吹得很有職業水準，音樂很好聽，陶醉在自己吹奏音樂裡的他，把口琴優美的精髓表現得淋漓盡致，完全和他擔任艦長時的工作狂形象南轅北轍，差異很大。

放下執著，身段柔軟，走到哪裡都可以擁有自己的一片天，發揮才藝，追求夢想，尚平把艦長職務做得稱職，也把街頭藝人的口琴吹得盡善盡美，我覺得在什麼位置就扮演什麼樣的角色，是歷經大風大浪最後回歸平凡的尚平，人生最值得令人稱頌之處。

馬拉松熟女的故事

　　元香是我高中同學，原先我們都一起在澎湖海軍的不同單位工作，後來我們遠嫁他鄉，我仍在高雄的海軍工作，但她卻離開了海軍。她的個性活潑開朗、與人相處無心機，從學生時期就是運動健將，運動細胞活躍，一直到現在已達坐五望六之齡，對於運動的熱愛，仍不減於年輕時代。

　　在全國都瘋馬拉松路跑之際，在每場賽程中屢獲佳績的「勇腳馬，神仙腳」元香，就成為喜愛跑步的朋友家喻戶曉、鼎鼎有名的人物，只要我們和她去參加馬拉松路跑賽程，途中一定可以經常聽到開心呼喊她名字的跑者，也會在跑步的終點，看到許多想來和她合影的粉絲，讓身為她好友的我同感榮耀。

　　元香總是樂觀分享她的跑步經驗，希望更多人參與這個健身又讓生活有意義的活動，若遇有深陷憂鬱的人，她也會以自身的經驗鼓勵他們走出戶外，經常慢跑活化細胞，憂鬱的分子就會因為細胞的活化而逃竄無蹤，她就是以跑步痊癒了憂鬱症的最佳代言者。

　　多年前的生活轉變，讓她鑽到牛角尖裡出不來，看過許多知名醫生都藥石罔效，後因接觸一群愛跑步的朋友，他們的鼓勵與支持，還有把她帶出來跑之後，她就沒有時間胡思亂想，跑步過後，從前那個活力的她又活了過來，從此，老公、孩子們都對她跑步這件事給予高度的肯定與支持，讓她跑到天涯海角也沒有後顧之憂，再加上跑友的熱情分享，跑步時又可欣賞沿途美景，不到一年的時間，她的病竟不藥而癒。

36年，我在海軍的美好時光

現在的元香已在跑界跑了十多年，也建立了自己的跑步聯盟，前些日子陪我們去花東跑池上馬拉松，她也以女子組45公里跑3小時59分的成績奪冠，讓同行的朋友都大開眼界，覺得與有榮焉，不過大家聽了她的故事後，除了感佩她能走出自己建構的象牙塔外，也對她跑步的毅力與精神豎指稱讚。

右為龔元香

心為海軍開，日久益光華

「不管前程為何，往前走就對了」，這是和我在海軍場域相識多年，同為五年級生的田開華的人生基準，他 70 年 8 月 21 日從國中畢業就進入中正預校就讀，而後選填的軍種是海軍，就讀的是海軍官校，從選填的那刻起，他就以「海軍人自居」，並以身為海軍的一分子以為榮，數十年如一日，未曾改變過。

開華畢業於海軍官校 77 年班，畢業後大部分時間都任職艦艇單位，學習到各種演訓的應處之道並提升海軍指揮職應掌握智識，參與救難、同袍傷亡處理、海上難民應對及海事實況經驗，讓他更了解生命的價值與無常，他是位對工作認真投入，堅定保衛國家的熱血軍人。

任官 10 年因緣際會遇見同為海軍士官的陳姿蘭，一見鍾情，展開熱烈追求，由於開華對姿蘭的鍾愛如同他對海軍的愛一樣，經過一段時日的交往，姿蘭終為他的熱忱純樸與負責貼心的個性感動，而和他結為連理。

婚後，開華為海軍執行任務認真用心的執著依舊，而在婚後的四年內，擔任海軍技術學校行政士官長的姿蘭接續為他生下二女一男，開華了解養兒育女的不易，除了公務繁忙外，總會在公餘返家時，挑起照顧兒女的責任，為姿蘭分憂解勞，家庭因有愛而幸福快樂。

隨著官階的晉升，開華肩上的責任越來越加重，而且越調越遠，軍旅的後半段都是在離家三百里之外的國防部任職，因此姿蘭在服役二十年符合終身俸資格後，就辦理退伍，親自撫育正在成長中的子女，讓開華在負責各項演訓任務及計畫時，能夠心無旁騖，無後顧之憂地去完成任務。

海軍一生，開華總是戰戰兢兢、不負當年從軍衛海疆的心念，他說：「海軍的培育與愛護，讓我在成長茁壯中平衡發展，我在此完成許多人生重要的事，譬如娶到賢妻，生了三個可愛的兒女，一切都能在自我掌握中前進，我很感恩，海軍歲月，將是我人生最值得記憶的全部。」就像讀官校時「培育第一等人才，建設第一等海軍」的海軍宗旨，他永銘心中，不會忘懷。

開華在描述他所愛的海軍生涯點點滴滴時，就像當年他愛慕愛妻時的有愛神情，讓人喜悅連連，甘泉不斷。

田開華全家福

堅持與毅力的重要

　　其實每天相處在一起的人，如果他身上有任何改變是看不出來的，但這天我抬頭一看，突然發現我的處長身型好像小一號，直覺脫口而出的一句話是「處長是不是變瘦了？」，處長開心地說：「有耶，我瘦了八公斤，看得出來嗎？」很明顯的是他的臉型削瘦，大肚腩已經不見了。

　　我問處長是如何辦到的，他說：「以前我飲食沒控制，除了三餐之外，還愛吃美食及零食，有一回跟朋友一起去露營，在一次跳水中，肚子肥肉一圈跑出來，還成為朋友們的玩笑話題，那次回家，我就認真地跟老婆討論有關『減肥』的事，老婆剛好不約而同跟我的想法一樣，於是從那天起，我們夫妻倆就擬訂剷除身上肥肉的計畫，每日控制飲食，規律運動，所以我已經瘦了八公斤。」他的回答讓我嘖嘖稱奇，也好生羨慕。

　　這是一個半月前我跟他的對話，近期，我又關懷地問他：「處長，現在又瘦了幾公斤了？」處長說：「總共瘦了十二公斤了，好有成就感！」是真的，這十二公斤讓一個胖胖男，瞬時變成了「施易男」（才氣與身材都優質的藝人），而且那種剷肉計畫是健康瘦，所以處長的氣色才一直顯現著光鮮亮麗。

　　看他每日拒絕熱量飲食，保持跑步習慣及核心訓練的運動，每當運動完畢，汗流浹背回到辦公室時，我對他維持健康、保持體態這個部分的堅持與毅力，欽敬不已。

36年，我在海軍的美好時光

正確的人生選擇──專業軍官的心聲

這天資訊中心的上尉系統管制官董勤禧，到我們辦公室來幫大家看電腦，認真又專業的他，對於電腦系統的問題，都能一一解說，讓我們一聽就懂，許多疑問都豁然開朗。

在資訊系統維護的當中，我問從海軍官校專業軍官 98 年班畢業的他，當年從軍的理由，笑起來靦腆討喜的他說：「小時候父母在海軍眷村經營小吃部，父親認識的叔叔伯伯都在海軍任職，經常來我家用餐，所以從小我就對著雪白軍服的海軍軍士官很熟悉，哥哥高中畢業投考海軍專業士官班從軍去，而一心向學的我則在半工半讀完成大學學業後，也加入海軍，擔任通資電專業軍官，開啟我開闊的眼界與不凡的人生」。

「服役這麼多年，你是否曾經後悔自己的決定呢？」另一同仁發問，勤禧則樂觀地回以「我一直以『自己決定自己的未來，決定了絕不後悔』來自我期許，即使遇到了挫折跟困難，我都咬緊牙關、改變想法應對，還好一路走來有許多貴人相助，讓我軍旅生涯漸入佳境，至今平順喜悅，我感恩至極。未來的路還很長，我將秉持擔任軍人初衷，為國付出，堅定意志認真完成每項任務」。

這天聽到「正確的人生選擇──專業軍官董勤禧上尉」的心聲，辦公室的同仁既感動又欽敬，並以勤禧的座右銘為標竿，開創屬於每個人頭上的那片天。

　　後記：這是 4 年前撰寫的文章，勤禧歷練其他單位少校職缺後，近期又調回技術學校擔任教官。

那個處處巡視的背影

　　那年莫蘭蒂跟梅姬颱風來臨前，我就看到您在四處巡查，甚至中秋節家人團聚的日子，您也沒有回家，鎮守在屬於您管轄的四行倉庫，聽同事說您日以繼夜，不眠不休，哪裡有災情，您就往哪裡去，以救火隊之姿，搶救每個足以造成更大傷害的地方，以致在中秋節過後上班，看到的您滿臉疲憊、精疲力竭，眼睛還因為疲累而腫脹，真令人不捨。

　　即使身為單位主事者，平時的您仍保有一貫的平實與親切，凡事親力親為，很多事能自己做的絕不假手他人，待人親切，以為同仁們著想的事居多，為了讓單位更好，您努力爭取經費，改善軟硬體設施，只要是您權責範圍能給同仁方便的，您絕不苛刻，但同樣的，您也會要求同仁們按規遵矩，守法守紀，每件事只要依循標準程序做，就不會有問題，同仁們在您的潛移默化的教化中，自然凝聚向心，為單位的團結和諧與榮譽而努力。

　　有人說「行船走馬三分險」，但您卻說「行船走馬處處險」，那是因為您愛大家，把大家當成是自己的家人，家人出門在外或做任何事，您都不希望他們受到傷害，所以常不厭其煩，苦口婆心的告誡，千萬不要做違法及酒駕的事，其實誰不想當好人，誰願意做個「嘮叨」的人，唯有家人才會出自真心，耳提面命，希望大家能快快樂樂休假，平平安安回家。

那兩次的颱風把南台灣的大樹都快消滅殆盡，第一次的莫蘭蒂，把我們單位吹得七零八落、樹倒樓損，在您的指揮若定之中，三天內單位整個園區就恢復百分之九十的樣貌，感受到莫蘭蒂的威力，當氣象局報導梅姬將挾帶強風豪雨襲台時，您不敢懈怠，指示各單位必定做好各項防颱措施，還在風雨即起時，拿著一把單薄的傘處處巡視，看到這個認真的背影，我突然想起了朱自清，也想到很多歷史上重要的人物，原來擔任「校長」這個職務任重道遠不簡單，從此我澈底明白。

貳、艦艇參訪篇

海軍最動人的耐航任務

最令人感動的營區開放參觀活動

103 年敦睦艦隊參觀記

　　103 年敦睦艦隊在各個港口開放參觀的訊息早就在各個媒體及報章雜誌上公告，看到這個公告讓我興起前往觀賞的強烈意願。

　　在海軍工作近三十年，經常有機會看到軍艦，對於各類艦型也不陌生，尤其老公退伍前原本就曾服役於艦艇，也參加過兩次的敦睦艦隊任務，身為另一半的我曾到艦艇參觀過，所以以前的那些年，只要看到敦睦艦隊開放民眾參觀的訊息，我都略過，因為我對艦艇沒有強烈的好奇心，所以從來無心前往我們所在地的港口和軍艦做近距離的接觸及觀賞。

　　今年的心情和往年完全不一樣，自從看到敦睦艦隊開放各碼頭參觀的時間點後，我就打算在 3 月中旬，敦睦艦隊在高雄港開放參觀的時日，偕同已是榮民的老公一起去參觀。

　　原本對這些艦艇已看得不愛看，瞭若指掌的老公，對我要參觀軍艦的滿腔熱忱顯出意興闌珊的模樣，為了不增添他的困擾，原本我跟他表示我自行前往即可，但是喜歡陪著我到處旅行的他，最後還是決定要陪我前往一探究竟，我跟他說：「你就以參觀的心情陪我去走一趟嘛，這跟你當年在艦艇上工作的感覺不同，我們就輕輕鬆鬆看看現在艦艇及工作人員和以前有沒有什麼不同就好了。」老公聽了我的詮釋，真的放下拘謹的心情，快樂放鬆地和我一起往敦睦艦隊停靠的新濱碼頭前進。

　　到達停泊三艘任務艦的碼頭邊，看到的是雄偉船身依序停靠岸邊，掛著萬國旗的武夷、子儀及昆明軍艦，心情好興奮，接著聽到昂揚的軍樂聲，更打心底地澎湃起來，我直覺

這些樂音是來自於海軍官校正期生的演出，我拿出相機即時拍下他們活力滿滿的隊型變換及吹奏軍樂時煥發的英姿，接著是海軍儀隊的奮力表演，他們也是整齊劃一，動作敏捷，整個表演過程毫無瑕疵，讓人驚讚；最後一個表演隊伍是莒拳隊的「有力」演出，他們這些行家一出手便知有沒有的表演，精彩奪目，個個驍勇善戰的模樣，整個表演流程順當而激勵人心，讓民眾們目不暇給，口瞪目呆，掌聲不斷。

之後，我們隨著人潮排隊登艦參觀，從事軍事活動有個好處就是，國軍單位會把每個環節與流程都做得精細，對民眾的服務與接待更是做到零缺點，什麼事都幫大家設想周到，不管船上的上下樓梯，或是轉彎及低矮處都會指派人員貼心提醒，難怪我在參觀途中，還聽見一位中年婦人打手機跟朋友說：「我在碼頭參觀軍艦啦，好好看哦，海軍安排得很好，你趕快帶家人還是朋友來看啦。」

最令我感動的是遇見曾經和老公一起參與過敦睦艦隊的同事或是學弟，他們這次再參與任務時，肩上官階已更上一層樓，大家相見分外開心，當參觀行程結束，我即將步下艦艇的那一刻，我看到船尾迎風飄揚的國旗，心中有種難以言喻的感動，我想祂迎著風是在跟全國民眾說：「103 年敦睦艦隊的任務將在不久後的未來，勝利成功。」

參觀艦艇有感

　　這天適逢艦指部 65 週年部慶，除了一些慶祝活動外，還有舉行艦艇開放參訪，由於有艦指部親友的邀請，成就了我這趟陽光、海洋、知性、感性的艦艇參訪行程。

　　雖然在海軍工作了 30 多年，也看過不少先進及老舊的艦艇，但從來沒有近距離的看過潛艦，對於潛艦這型船不是很了解，有很多的想像空間，存留腦海的印象，只停在《獵殺 U 571》這部電影裡。

　　當潛艦就真實地出現在我參訪的路線時，我還不敢置信，直到我感受到自己的汗水隨著我的熱情流下來，我才知道我和潛艦有了真正的接觸，這種可遇不可求的事，就發生在陽光正盛，海洋最美的夏季。

　　潛艦的空間狹窄，從下階梯進入潛艦的那一刻，就深切感受到。艦艇各個部位都指派專人向大家做介紹，不管是住艙、機房、部門主管寢室、生活空間、值更部位、指揮室等，讓參訪者都能清楚明瞭潛艦的生活設施與動力，看到船上每個部位（階梯扶手也一樣）都保養得乾淨新穎，讓我感受到這是一艘戰力十足的戰艦，這回參訪，也讓我多年的心願得以實現，對於在潛艦辛苦服役的官兵，我謹致以欽敬與感恩。

　　由於時間有限，我接著去參訪了今年參與敦睦支隊的磐石軍艦，看著偉大的艦身，用心布置的文宣館，還有親切的接待人員，我也感動不已，在文宣館和幾位參與任務的士官士兵閒聊，他們告訴我能有機會參加敦睦任務，環遊世界，是件榮耀的事，他們很珍惜海軍為他們創造的美好印記，這將會是他們永難忘懷的人生經驗。

參與任務的新聞官國彥，也跟在場觀眾，以親身經歷說明了過巴拿馬運河拍攝錄影的過程，並說明此次航程 105 天，到每個國家的不同經歷與小故事，每個人聽了都瞠目結舌，覺得海軍官兵真偉大。

　　這天在風和日麗、藍天白雲、微風輕拂、大地歡唱中參訪了我夢想中的艦艇，我覺得收穫滿滿，心滿意足，我也要為我們乘風破浪衛海疆的海軍官兵，伸出我的雙手，為你們為國家的無私付出高聲稱讚。

執行任務，締造良緣

同是海軍軍官的起斌（現任國防大學上校教官）和淑薇（現任海軍技術學校少校教官），相識於共同納編執行海軍敦睦邦誼任務中，那時未婚的兩人皆以工作為先，也尚未有合宜的交往對象。

因共同合作任務的契機，讓他們能在工作中近距離地認識彼此，起斌為人誠懇敦厚，處事認真用心，淑薇個性正直爽朗，與人相處和善，再加上工作團隊所有成員的鼓勵與支持，成就了這對佳偶。

今年他們相識 15 年，結婚已 14 週年，擁有兩個可愛的女兒，在這段不算短的婚姻中，他們各自歷練了海軍的不同職務，期間不管遇到任何挫折與困難，他們都能一一解決與排除，擁有幸福快樂的生活。

「十年修得同船渡，百年修得共枕眠」是對起斌與淑薇的工作與婚姻最佳的詮釋，在執行任務中，締造良緣，緣深情也深，婚前當同事，婚後是同室，「對彼此的工作認同，對海軍心存感恩」，是結婚 14 週年的他們最誠摯歡喜的心聲。

36 年，我在海軍的美好時光

起斌和淑薇參與敦睦艦隊時留影

康定艦成軍 20 週年艦慶

　　時間過得真快，才不過一個轉頭的時間，就已經 20 年了。

　　回想起當年，他們才背負行囊，遠渡重洋，赴法接艦，如今康定艦成軍已 20 個年頭了，真讓人不得不有「歲月不饒人，時光飛如梭」的感嘆。

　　20 年可以讓一個少女變成少婦，一個嬰孩變成青年，一個初官獲得終身俸的資格，但康定艦卻依然保持驍勇善戰之姿，為保國衛民任務而努力，讓人驚嘆與欽敬不已。

　　這些回娘家看看的老戰友，或頭髮變斑白，或身型變壯碩，或退役，或他調，但不變的是見了面那種熱切的笑容與一家親的談話方式，讓人感受到老海軍的忠義友愛精神。

　　感謝艦長劉寶文上校策劃了這麼有意義的活動，讓所有在職或退役的官士兵都能相聚在一起，訴說「康定情深」各時期的故事，我很感動，相信參加這個活動的所有官兵，熱血的心都沸騰不已，進而團結向心，為未來的任務努力以赴。

後記：本文寫於 105 年 9 月，倏忽 4 年又過去，如今的康定艦已成軍 24 年了，而相片中的許多長官也成長茁壯，成為海軍各單位的重要幹部，為執行任務而努力。時光匆匆過，不變的是曾任康定艦時的官兵，仍一心擁護，為曾經的「康定情深」共同記憶而喝采。

康定軍艦成軍 20 週年官兵眷屬留影

106 年敦睦艦隊參觀記

在海軍工作三十多年，經常有機會看到軍艦，對於各類艦型也不陌生，尤其退伍前曾任海軍艦艇輪機長的先生，也參加過兩次敦睦艦隊任務，因此身為另一半的我對於這樣的任務很熟悉，由於對海軍的熱愛，即使先生已退伍多年，只要有海軍營區開放參觀，我們都會一起前往觀賞。

今年跟任職於海軍技術學校的同仁提起有這樣的活動，基於對海軍的支持與愛護，大家不約而同帶著眷友，在高雄開放敦睦艦隊參觀的第一天就來到新濱碼頭，以實際行動支持海軍一年一度的重大任務活動。

碼頭邊停泊三艘任務艦，雄偉艦身依序停靠，每位同仁朋友看到都好興奮，海官校鼓號樂隊的表演，昂揚有勁，激發觀禮人員的澎湃熱血，海軍軍樂隊吹奏曲調整齊劃一，動作敏捷的表演，讓人驚讚，莒拳隊驍勇善戰「力」與俐落演出，更是精彩奪目，整個表演流程順當，民眾目不暇給，掌聲不斷，讚聲連連。

之後，我們隨人潮排隊登艦參觀，主辦單位將整個參觀動線與流程都做了精細的安排，對民眾的服務與接待更是做到零缺點，不管船上的上下樓梯，轉彎及低矮處都會指派人員貼心提醒。

最令我感動的是此行遇見很多參與任務的舊識（包含支隊長蔣正國將軍），在他們自信滿滿的臉上，我看到成功的未來，當參觀活動結束，我將步下艦艇的那一刻，我看到船尾迎風飄揚的國旗，心中有種難以言喻的感動，我想祂是迎著風在跟全國民眾說：「106 年敦睦艦隊的任務將在不久後的未來，將會勝利成功歸來。」

期待「敦睦遠航展國威，勝利成功開新頁，去回任務皆順遂，贏得邦誼載譽回」。

與 106 年敦睦遠航支隊長蔣正國將軍合影

海軍左營基地國防知性之旅

　　106 年 7 月 15 日海軍左營基地開放並舉行全民國防知性之旅，開放參觀前，國軍就透由各項管道行銷，讓全國民眾能獲得訊息，屆時一起到左營軍區探訪海軍各式軍艦與訓練有素的武力展示與表演。

　　基地開放前幾週，海軍技術學校召募人員早已做好各項準備，大家都期待營區開放參觀日子的來臨，也希望吸引更多民眾親與盛會，藉由人員的熱情接待與服役軍旅的分享，吸引更多優秀人才，投效軍旅，成為國軍未來的新血輪。

　　這天風和日麗，雲淡風輕，熱情民眾一批接一批地進入海軍左營基地參觀，技術學校召募攤位的官士兵亦表達熱情，仔細回答民眾所問問題，在人員分享中，讓民眾近距離地了解海軍，進而支持國軍，刻劃出軍民融合，友善連結的畫面。

　　雖然我和幾位同事已在海軍工作多年，但熱愛海軍，支持海軍的信念從未變過，配合此次的開放參觀，我們亦和多數民眾一樣，搭乘便利的接駁車前往指定地點參觀，看到每位參演人員汗流浹背、認真用心的演出，讓我和許多觀眾都不得不對這些年輕官士兵與海軍的堅強戰力豎指稱讚，讚佩不已。

36年，我在海軍的美好時光

遠航訓練很精實，敦睦邦誼載譽回

　　海軍 107 年敦睦遠航訓練支隊完成敦睦邦誼、慰勉僑胞、初官艦艇航行訓練 105 天後，在清晨綿綿細雨及雨中彩虹中緩緩駛進左營港，數百位官兵及眷屬在碼頭上熱情迎接，每位在岸上的官兵眷屬都抬頭仰望，哪一艘船上站著哪個人是自己的家人，而任務艦上著白軍服整齊站立的官兵，也用眼睛雷達在蒐尋地面上的身影，看看哪些人是來迎接自己的家人，這是一個感動的時刻，錯過，真的就是永恆了。

　　就像此次遠航敦支支隊長在他們的記實專書裡所寫「2018 年 3 月 2 日的晨曦中，支隊在眾人的期待與祝福下揭開幕，三艘軍艦開離熟悉的軍港，航向太平洋的彼端，105 天的任務裡，大夥兒有 91 天的時間一起在海上生活、訓練，空間濃縮了，但眼界卻寬大了……，775 位夥伴戰戰兢兢、日以繼夜，全都是為了順利完成任務而努力，我們帶著思念遠渡重洋，拜訪邦交國家，宣慰僑胞，也帶著滿滿的收穫與回憶返國，無論過程多麼艱辛，但最終我們把完成任務的榮耀帶回來了」支隊長最後謹書「以此專輯獻給我青絲白髮半世追隨的海軍」，這是多麼震憾人心的一句話啊，讓我閱讀完畢，內心激動萬分，久久不能自已。

　　「走過，必留下痕跡；錯過，就是永恆」，隨行的記者及參與文宣人員，以照片和文字，把整趟航程做了精彩又詳盡的報導，輪機部門也都小心翼翼維持艦艇航行安全的動力，各任務艦的每個部門都扮演好小小螺絲釘的角色，政戰學院及海軍官校的準畢業生，也都在航程中學習到艦艇各項標準作業程序，更經由耐航訓練，讓學生們學以致用，習得派職艦艇工作的基礎。

36年／我在海軍的美好時光

官校生的鼓號樂隊、旗手、海軍儀隊及莒拳隊的演出，還有水下作業大隊的水下勘察、排除障礙物等，也是扮演著舉足輕重的角色，所有的辛苦都化成喜悅的汗水與淚珠，從他們的眼裡臉上順流而下，我相信能夠參與海軍一年一度的重要訓練任務，每個人都有「與有榮焉」的感受才對。

　　匆匆一別就是數月，所有任務的成敗與否，除了參與官兵團隊精神的發揮外，就是決策長官的放手與家眷的支持，唯有讓參與任務的官兵無後顧之憂，才能心無旁騖地完成任務。我就是因為多年前，先生也曾參與這樣的任務，所以才能同理體會，感同身受，雖然時日已久，但那執行任務者家眷的忐忑不安與返航時參加歡迎會的感動，至今仍印象深刻。

107 年敦睦遠航官兵合影

能夠在海上航行這麼長的時間，又把各項工作做得完美無缺，我真的要為我們海軍官兵按下無以計數的讚，看著那面掛在船上的大幅國旗，隨風飄揚過海回到台灣，平安順利抵達左營港，我心裡浮現的字句是「嘉許海軍官士兵，濱海航訓創佳績，團隊精神很凝聚，敦睦邦誼載譽回」，在炎炎夏日揭開序幕的季節，送給圓滿完成任務的海軍 107 年敦睦遠航訓練支隊全體官兵，願你們未來平安順心，參與各項任務能常傳佳音。

36年，我在海軍的美好時光

熱愛海軍，參觀敦支

那日起個清早，和老公趨車至高雄新濱碼頭，參加一年一度的敦睦艦隊開放參觀活動。

因為自己在海軍工作 30 多年，所以一步入會場，就遇到許多熟識，已調離我們單位到各區域服務的海軍同事，大家許久未見，在這個歡喜場合相見，分外開心，紛紛留影紀念。

輕鬆漫步在三艘任務軍艦旁，頓生「軍艦下人渺小」的感覺，總覺得軍艦的雄偉正如海軍勇猛頑強的軍力一般，足以嚇阻敵之來犯，捍衛國家安全，保護人民安康。

在成功級軍艦旁，看到軍艦靈魂物件「纜繩」緊緊繫在纜樁上，承載力強的纜繩，是固著軍艦停靠岸邊的重要裝備，每每看到它，自然生起敬愛心，並就近拍下代表力量的它引以為念。就在我拿起相機拍下纜繩之際，有位專責水下作業的海軍舊識，跑來向我招呼，彼此問候一番，談海軍，談彼此認識的朋友，快樂又窩心。

另有一位背著相機的年輕女孩走來對我說：「我是青年日報記者，想訪問您來參觀敦睦艦隊的原由為何？」「其實我是服務海軍多年的員工，先生退伍前亦服役於海軍，曾參加兩次敦睦艦隊任務，因為我熱愛海軍，雖然這些活動已參加過無數次，但只要每年在高雄開放參觀，我一定會前來參訪，感受民眾的熱情歡喜與海軍的熱忱用心，受忠義精神的洗禮與充電，再回到工作崗位上班時，就如一尾活龍一般。」

女孩問我最喜歡看的項目是什麼，我說我最喜歡看的項目是鼓號樂隊、儀隊表演之後的五人執旗進場隊伍，他們身

167

高一般，動作一致，精神抖擻，目不轉睛的演出，讓我很感動，每每看到這一幕，我的眼眶都會泛淚，久久不能自己」，和女孩互動良好，我為她多年前投效國軍的明智之舉豎指稱讚。

參訪途中，我還遇到一位退伍多年，髮已蒼白的同事，他說我在海軍工作這麼多年，怎麼還對敦睦艦隊參觀活動有興趣，我只能笑笑地跟他說：「我熱愛海軍啦」，其實我的回答真的是我的心聲。現場還來了許多高中職學生，有些是教官帶隊，有些是同學相約，他們都認真請教現場服務官兵報考志願役軍職的問題，服務人員都耐心解答，若具意願報考學子，還會請專人輔導，為國軍的人才召募，恪盡心力。

看著一代新人換舊人，艦艇未變仍依常規運作，各單位成員不斷換新，年資到的功成身退，將寶貴經驗留予後進，長江後浪隨前浪持續不斷向前，忠義精神持恆傳承，如今的我已年過半百，髮蒼視茫，但對工作的熱忱依然，對海軍的熱愛依舊，對擁抱海洋環遊世界的夢想依然如故，我沒有遠大的抱負，也沒有力爭上游的野心，只希望安穩一生，把所有力量奉獻海軍即已足矣。

親愛的有志青年們，以我多年所見所聞，軍人真的是個安穩、安定、讓人安心的職業，這個職業不會賺大錢，但生活無憂，養家活口不成問題；工作內容變化不大，但規律透明，作息正常，還能強健體魄，擁有不凡的人生，有智慧的你，還在等什麼呢？

36年，我在海軍的美好時光

參、海軍小日子篇

每一個角落，都有動人的故事

大江南北走透透

　　大嫂的姐夫鴻安，今年已八十多歲了，身體健朗，過著快樂的退休生活，只要逢年過節，我們偶爾都會與他們見面，歡聚一堂，每每看到鴻安大哥，總被他非凡的氣質及不凡的談吐還有對他生命力十足的感覺而嘆服不已，他若不說，沒有人看得出他的實際年齡。

　　官拜海軍上校退伍的他，出生於大陸河北，後來任空軍飛官的父親到湖南，就帶著他們全家人一起相隨，戰亂中，父親因公殉職，又適逢政府自大陸播遷來台，大哥全家人就搭乘父親同袍駕駛的軍機到台南，定居台南完成中學學資後，因嚮往軍職，就毅然報考海軍官校，成為一個稱職的海軍軍官，服役二十多年後，功成身退。

　　我問大哥：「您從大陸出來的時候，已懂事了嗎？」大哥語重心長地說：「那時候的我已經十六歲，很多事情都很了解了，其實在那個戰亂時期，每個人的生活都很辛苦，而且到處遷徙，過著『此處不留爺，爺就跑他處』的日子，年輕的我對這樣的東奔西跑沒有什麼感覺，因為似乎大家都這樣，見怪不怪。」

　　大哥欲罷不能地接著說：「民國三十多年的背景是照明及交通各方面都不是很發達，我們從這個地區到另一個地區，都要折騰老半天才會抵達，但也因此養成了我不畏艱難的性格，因為日子過得困苦，所以後來到台灣之後，從軍報國，有固定的薪給，日子過得穩定，我才發現這裡是幸福之島，在此結婚生子，定居已超過一甲子，我已把台灣視為我的第二故鄉，走遍大江南北，我還是覺得台灣寶島最好。」

所以即使大哥公職退休後，曾經罹患重症，但因為他的樂觀與豁達，一次又一次地打敗病灶，充滿生命力的他在病後又生龍活虎地過了二十年，看到高齡的他，仍然聲如洪鐘，走路有風，講起話來思路分明，完成沒有老年記憶降低的傾向，相較於後輩記性差強人意的我，實在不可同日而語，我自嘆不如，也對大哥走遍大江南北落腳在台灣的故事，內心盡有欽敬與嘆服。

有量才有福

在軍事學校工作，認識許多軍職人員，他（她）因為職務歷練緣故，時間一到就會調職，在人來人往中，有愛計較者，也有喜歡抱怨者，更有看不得別人好的人，這類人讓人拒而遠之。但具陽光正向、胸懷大氣的朋友也不在少數，我認識的楊文元和蔡孝儀就是這種性格的人。

和文元當同事時，看他待人熱忱誠懇、處事主動積極、心胸開擴，很多不是他管轄的事，他都參與其中，每天看他忙得團團轉，一刻不得閒，我還曾予以規勸：「不要做一做，就變成你的事了」，但他還是展現陽光男孩的笑容回我：「多做多學，幫人也是幫自己，有量才有福啦！」言猶在耳，沒多久他就因工作表現優異而被調職至其他單位晉升，文元的一步一腳印，步步高升讓我生起「有福之人並先積福，多做利他之事必得福報」的體會。

而孝儀到我們單位時才是個小下士，就是因為自己本身努力學習，待人謙和，尊重長上，凡事不計較，同事有事她就跑在前面服其勞，別人不想做的事她都默默拿來做，須要跑腿的事她也主動挺出，她說：「只要能為大家分憂解勞，我多做一點沒有關係，而且這是給我學習的機會，將來才有能力為別人服務。」心胸寬闊，有容乃大讓她一路晉升至士官長。

量小非福，能夠大氣容人，福氣才會跟著來。

36年，我在海軍的美好時光

左二爲蔡孝儀

不計較，必得好運恩澤

　　曾聽過非常受用的一句話：「別人對我的壞，我很快就忘記，不會放在心上，但別人對我的好，我會記在心裡一輩子都不會忘，並找機會報答。」，這句話恰巧跟我平時的為人處事不謀而合。

　　在海軍工作多年，由於軍人的職務是不能久任一職的，所以人員總是來來去去，不斷有一批新人會調來，也有一批舊人會離開，每每才適應一些人，不消幾年的時光，又要迎新送舊，相處的種種，不管是好是壞，都只留下記憶與評論給後來的人。

　　我的個性熱忱，主動積極，喜歡助人，當單位裡的同仁須要我幫助時，我一定摒棄私心，端出熱忱，兩肋插刀在所不辭地盡微薄之力，為同仁做最好的服務，助人之後也能將之忽略，繼續認真努力於職務工作，不敢稍有懈怠。不過，處理公事，總有與別單位人員意見不合之時，有些人會趁機落井下石，藉機推拖，對意見不合之處向長官打小報告，讓我處境危難。

　　不過，因為平時經常積德，所以當我遇危難時，總會大事化小，小事化無，事過之後，我也不會輕易怪罪別人，很快就會把處理事情過程的不快立即忘掉，不計前嫌，心無他想地和這些有過不快經驗的同仁平和相處。

　　因為我一直相信人生「不計較，必得好運恩澤」的因果循環。

36年，我在海軍的美好時光

好主管，令人懷念

我一直覺得，能夠在職場上遇到好主管，應是幾世修來的福分，也相信一定是上輩子有燒好香，才能在今世與磁場相合，心量寬廣，格局大的人一起共事，我很珍惜這樣的機會，更希望能長久維持這樣的關係，但現實總會打敗期待，因為職場上的關係沒有永遠，有些好主管，必須調職或離開，我們即使心存戀棧，但悲歡離合卻是人生的必然，「接受」才是我們必須要認真看待的事實。

工作的時間越長，遇到的人會越來越多，當然累積的人脈，也會如細水長流一般，源遠流長。我曾遇到過嚴厲沒擔當的主管，也曾看過領導統御品味極差的主管，當然也有那種指導錯誤，害部屬做白工的主管，更有端出官架子，目中無人，心量狹小者，但感恩的是過去大部分和我共事的主管，都屬聰慧有擔當，遇事能以幽默化解問題，以宏觀胸懷讓可能的星星之火，即時消滅的人，而且都是以為部屬解決問題為要，當部屬去尋求幫助時，都能及時伸出雙手來扶持我們的主管，當這些兼備能與德的主管不得不離開我們單位時，都留下許多值得同仁們稱頌的懿行與典範。

記得我們周玉峯校長在職時，最令人稱道的是，當工作上遇到瓶頸，或是公事辦到中層主管卡住時，去向他傳達訊息，他都會當做是自己的事一般，為我們出面，不讓困擾留給基層員工。尤其有些棘手案件，他都會找各承辦人及主管先行研討處理方向，之後大家依照他明確的指示（他從來不下那種讓部屬猜測的決議）辦理相關作業，由於他的思維創新，心胸包容寬大，可以接受不同的建議，因此同仁們都樂

36年，我在海軍的美好時光

於提供建言。雖然和他共事的時間並不長，但他卻留給我們無限的暖意與懷念。

多年前的一位副教育長胡忠士，是個性情中人，人雖好卻不是個爛好人，處理業務從不偏頗，不會一面倒向特定單位，只要工作上發生紛爭，他都會邀及雙方當面說清楚講明白，即使協議後由某個單位接手這個工作，大家也會很有氣度地接受。讓我感覺窩心的是，當年的有一天，我正忙碌於某項工作，在路上遇見他時只是隨口一提，他卻很認真地幫我做協調並拿官章來找我，發揮走動式管理就近批示公文，這件事已過多年，但我的記憶猶新，內心的溫暖從不稍歇，對他懷念特別多。

我們單位已退伍的副處長王志寶，是個睿智有肩膀的主管。但多年前，沒當過主管的他剛調到我們單位時，我們卻經歷了好長一段磨合期，讓我們彼此情誼走了好多冤枉路，我還曾經不喜歡他。直到我們相互合作一起辦理過多件難度很高的業務，經由頻繁的互動才逐漸了解對方的人格特質，也才漸漸地凝聚團隊精神，締造團結合諧的辦公室氣氛，以前我總嫌他話多，現在他離開了，我才覺得原來能經常分享公事心得是件幸福的事，也經常想念和他共事的美好時光。

時間分分秒秒過，職場緣分不停留，能跟好主管相聚是善緣，跟磁場不對的主管相遇是考驗，能創造雙贏的主從關係才是幸福的。若大家都能從心做起，負責盡職，對共同事務不是無感，而是做到無憾，讓腦海裡只存留相處時的溫馨開心畫面，那麼不管將來是否能再聚合，但懷念的感覺定會與日俱增。

快樂來當兵

　　小霖剛剛入伍來當志願兵役時，並不是很開心，因為生性喜歡自由的他，心想為什麼要受制於軍隊的制度，所以每次他放假回家，總是帶著一個苦瓜臉，也經常跟他的爸媽「革命」，要趁早離開這個環境，還他自由之身。

　　那段時間，他的父母很為他擔心，也希望他不要放棄這個從軍的機會，有規律的生活及正常的收入，未來才會有期待，所以他們總是想盡辦法規勸他續留軍中，開創屬於自己的一片天地。

　　時間是成就一個男孩變成男人的最好方劑，才不過兩年的時間，小霖已從排斥漸漸喜歡上他的這份工作，融入這個國軍的大團體中，而且非常認真努力專注與投入，現在大部分看到他的時候，臉上哀怨的桌布已換成了快樂的內容，不管要執行的任務有多麼困難，他都會開心地說：「我來！」他樂觀正向還有積極主動的個性，讓我越來越讚賞。

　　小陵是新進的女兵，看她的身高低於一般的標準，我有些許疑問，於是開誠布公地和她聊聊，她才說：「去年高中畢業時，就一心想從軍，但那時的身高規定女生要 155 公分，我資格不符，所以我就去考大學，也有幸錄取嘉義大學並入學就讀，但今年規定改了，身高只要 152 公分就有參加志願士兵考選資格，於是我懷抱熱誠及從軍的抱負參加考試，錄取的那天，我立即到大學去辦理休學，開心投筆從戎去。」

　　開朗的小陵，嬌小的模樣及無邪的笑容總是惹人憐愛，樂在工作的她說：「在學業與從軍之間，我認真考量過，真的還是從軍的力量對我吸引力比較大，現在我是在做我喜歡

的事，也真正地在喜歡我做的事，更覺得在這裡當兵，學到很多待人處事的方法及得到很多友誼，我很高興自己當初的選擇並沒有錯。」

惠玟也是因為男朋友先來從軍，覺得這是個值得「託付終身」的職業，所以男友也鼓勵惠玟來報考志願士兵，如願考上後分發到學校來從事行政工作。她非常努力學習，期盼以最短的時間，學習到很多的事務，讓自己很快地進入狀況，為單位的長官與同仁們分憂解勞，平時只要見到同事們在忙，她就會主動上前協助，從來不邀功，也覺得幫助別人是件快樂的事，對多做的事也不會計較是否有回饋，所以來單位不過半年的時間，我覺得她是個值得交付任務讓她負責的知性小尖兵。

每每看到文賓，我也有種「快樂當兵」的感覺，因為他不但把自己訓練成十項全能的小班長，跟隨他的班兵，他亦教導他們要有活在當下，樂觀未來的想法，對每件事情都能認真付出，不要太去計較得失，因為今天你在某個地方失去的，老天一定會在另一個地方補償你，如果長得不是很帥，那麼上天一定會賜予能高超的能力，他的理念是，當自己想在軍中這個職場安定下來時，要去喜歡這個環境跟這個環境所付予的挑戰與衝擊，當你心態學會轉彎時，不管處什麼樣的環境，都必然會安適自在，別無他求，這就是他的心裡常常有喜悅，爸媽對他從軍的選擇能夠放心的來源。

越來越多的有志氣有智慧的青年，選擇從軍，完成夢想，親愛的年輕朋友們，不管你的條件如何，只要你願意，都有許多從軍管道正等著你來實現抱負，為不凡的人生展開序曲。

軍人另一半的苦笑

　　在海軍服務已三十多年了，這半生在軍中的歲月裡，見證到很多長時間服役軍旅，日以繼夜辛苦執勤的軍職人員，他們受過嚴格的基礎訓練，各項職務的歷練，從無到有，從稚嫩到成熟，期間遇見過的挫折與困難不在話下，尤其身為一個以服從為天職，保國衛民的軍人，更要有忍人所不能忍及過人的膽識，才能把工作做好，完成國家賦予的使命。

　　當軍人把所有的時間都奉獻給國家的同時，他們另一半所擔負的家庭責任相對會多一些。一般人下班後得享天倫之樂，和家人相聚一起用餐安睡，但這時的軍人可能正在挑燈夜戰研究作戰計畫或是吃風喝浪巡弋海疆，或者正為各項裝備修護工作而傷透腦筋，動員相關人才一起集思廣義完備相關作為，又或者要到處出差，看看各個地方是否做好勿恃敵之不來，恃吾有以待之的整備工作。

　　那天聽聞一位女同事小芸訴說獨力帶兩個小孩的辛苦事，因為她的軍人老公調職至北部，沒有外援的親友，兩個雙胞胎孩子才三歲，只要有一個生病，她就手忙腳亂，上班沒有辦法專注，她下班回家，又趕忙煮飯炒菜，接著要幫孩子們餵飯、洗澡，陪他們講故事，等到他們睡著，她已累癱，箇中心酸非親身經歷，無法同理體會，她苦笑著說：「這就是軍人之妻的甘苦啊。」

　　其實她說的我都懂，因為從前老公任軍職時，我過的生活就是如此，諸如家中的修馬桶、換電燈，各項電器與生活用具的修繕，無一不是出自我手，有任何事情也沒有人可商量，只能咬緊牙關，自立自強，不管前面有多少風雨，都必須抬頭挺胸，迎風走過去。

苦是一天，笑也是一天，當時的我選擇的是以笑來過日子，當日升月落，老公功成身退回歸家庭時，苦盡甘即來，希望小芸能堅強勇敢，越過困境，和以前的我一樣，迎向值得期待的未來。

海軍 36 年，感恩與幸福的歲月

　　進入海軍工作，是民國 74 年的事，那時的我懵懵懂懂，對海軍完全不熟悉，就進入駐地澎湖的海軍造船廠，開始了我的海軍歲月，接著在民國 79 年結婚，來到左營基地的軍校學校工作，一晃眼 36 年就過去了，我在海軍這個大家庭裡學會了軍事術語與愛國習慣，對國家與國軍有深切的認同感，海軍的提攜，讓我成熟成長，我所有人生重要時刻與事件都在這個國際軍種裡發生，隨著時間的累積，感恩與幸福的感覺與日俱增。

　　時間回溯至民國 74 年，那年我甫滿 20，高中剛畢業，正是青春洋溢，神采飛揚的時刻，原本從澎湖到台北工作，正享受繁華都市的文化洗禮，打開眼界準備融入充滿色彩、五花八門的生活型態時，母親一通近乎命令式的來電，讓我回鄉參加了海軍行政人員的招考，完成考試沒多久，一紙錄取命令的來到，改寫了我在外自由飛翔的人生，回到家鄉澎湖，在軍事管理頗濃的單位裡工作，開始我類軍職生活的歲月。

　　在海軍，我加入的團隊從事的工作性質，是廠區各項土木水電工程的計畫與修護，我的同事有軍職及技術人員，軍職人員大部分都是兩年一到就會調職，技術人員清一色是純樸的在地人，不管他們的身分為何，對初入這個團隊新鮮人的我都是一樣的好，也耐心地教導我待人處事的道理及軍中應對進退的合宜方式，當時如海綿的我雖照單全收，不過後來也學會了分辨是非善惡，了解到孰可學孰不可學的道理。

　　工程修護工作是忙碌不休的，尤其我進入海軍造船廠的第二年，澎湖發生了韋恩颱風風災，廠區裡的廠房災損嚴

重，我們單位全力總動員，統整各項修護資料與物資，連非軍職的我，每天都跟著工程官們不斷地寫修護計畫，一改再改，一直到改到最好為止，因為都知道在做對的事，所以即使工作到深夜，疲於奔命的每個人都是無怨無尤的，憑藉大家一起努力的力量，能盡快將廠房回復原貌，讓每一項工作在安全無虞的環境中完成，是我們工程單位最深、最殷切的期盼。

　　也因為大家的無私奉獻與努力的身影，沒有多久的時間，廠房很快地就回復原狀，而在工程完成後，幾位工程官也因為在澎湖的任期時間屆滿而功成調職，不過在相互合作完成工作的過程中，我們培養了深厚的革命情感，他們要離開澎湖時，我不忍別離，曾偷偷含淚，後來經歷越來越多的人來人往，我才明白「天下無不散之筵席，再好的相聚都會別離」的道理，也漸漸放下容易「傷感」的心情，視人生的「無常」為「正常」。

　　後來，我認識同在海軍工作的老公，婚後，我們一起調職到左營的海軍單位服務，也定居在左營，生了兩個可愛健康的兒子。老公是軍職人員，經常因為職務歷練而調動，服務的地區有左營、蘇澳跟台北，服務的單位有艦艇、修護造船廠及政策管理單位，當他調職至艦艇單位及左營以外的地區時，身為軍人之妻，家庭主要照顧者及職業婦女多重身分的我就必須強壯自己的身心靈，鞏固內外在堅強的精神堡壘，因為唯有我能獨立自主，肩膀有力，擔負起照顧家庭的責任，老公在外工作才能無後顧之憂，為保國衛民的工作而努力。

　　老公後來還曾參與國外接艦及敦睦遠航任務，不管是國家或國軍賦予的使命，都給予他很多的學習及開拓視野的機會，當他們的所屬艦艇在外執行國家賦予之任務時，國軍各

級長官與同僚，亦給予眷屬們無限的支持與協助，雖然歲月如梭，時光飛快，老公已服役期滿，功成身退，但至今仍讓軍眷的我記憶深刻，感動綿延。

　　老公在職時認真負責，戮力完成各項戰備訓練與後勤維修工作，退伍後能有足以養家活口的退休俸，讓我深覺感恩又幸福，目前仍在海軍學校單位服務的我，每每看到校園裡莘莘學子報到與資深軍職人員離開，一代新人換舊人的場面不斷重複出現，稚嫩無染和成熟智慧臉孔相互交替時，內心就會感受到無瑕的幸福與感恩的種子生根發芽並成長茁壯，在我心田裡開出美麗的花朵來。

情定海軍，堅如磐石

　　緣分真是個難以捉摸的東西，在不知不覺中就發生在我們的週遭，讓人始料未及，就像明儒和郁琦的戀情一樣，他們的緣分始於海軍，在海軍開花修得正果，因此海軍算是為他們締結姻緣的媒人。

　　話說當明儒收到兵單入營服役，分發到海軍技術學校任義務役兵役時，郁琦正在學校的人事部門擔任人事官職務，他們平時沒有交集，卻在校園裡偶爾相遇，當時明儒對郁琦一見鍾情，經常委託校部同事送些伴手禮給郁琦，郁琦卻對鍾情於己的明儒一無所知。

　　後來因為業管招募業務，郁琦和我經常鼓勵單位裡服義務役的年輕朋友「從軍是不凡的選擇，加入海軍，有機會還可環遊世界」，頂著財金碩士頭銜，優秀的明儒當然是我們招募的首要對象，因此，郁琦跟他就有密切的連繫，日久生情進而交往成男女朋友，明儒也為郁琦簽下志願役，以創造美麗的明天為他們共同的目標。

　　剛開始我對年齡較郁琦年輕的明儒，總是有些懷疑，深怕他社會歷練、經濟能力不夠，不能給郁琦幸福，不過經過兩年的交往，事實證明，不管發生任何事，明儒都能給郁琦安定感，也能理性地為她分析及指導事情的方向，讓郁琦放心地願意把自己終生幸福的鑰匙，交到明儒手上。

那年他們參加海軍在磐石軍艦舉辦的集團結婚，除了感謝海軍培育他們的成長外，成就良緣也是他們一直感念在心的事，尤其他們是由海軍司令親自主婚，更顯意義非凡，而見證他們感情從青澀到穩定的我，只以 16 個字「**情定海軍，堅如磐石，儒學涵養，琦珍異寶**」，以為個人最誠摯的祝福。

祈福——給海軍官兵打氣加油

　　那天聽同事采瑩說：「每當開會的時候，我們長官和部屬都有良好的互動，稱謂都直接喊名字而不是連名帶姓或喊職稱，這樣比較能夠拉近彼此心的距離。」

　　單位裡有兩位主管的名字別是騏宇和俞福，平時長官就這麼稱呼他們，大家心的距離確實因此拉近了，但這天長官順口一喊變成了「祈福」，這代表的意義是為國軍祈福，為海軍官兵祈福，也為在這塊土地上所有的同胞們祈福。

　　這次敦睦艦隊疫情事件的發生並非艦艇官兵之所願，他們也是為了達成國軍交付的任務，歷經風浪，忍受身處大海、凡事不便、通訊斷訊的過程，才返航靠岸，身為海軍眷屬，我同理瞭解他們的處境。

　　其實執行一趟敦睦遠航任務，被納編的艦艇與人員都是非必須之經歷，但他們都要肩負國民外交、學生任官前的耐航訓練與航程成敗之責，責任之大，非海軍人員不可得知，若在大海或是他國遇到狀況，也需要靠大家的力量排除危機與困難，以完成任務為優先。

　　不管他們出訪的天數是長或短，他們航行期間的保密工作縝密，連眷屬都不得而知，眷屬只能堅強獨力把家照顧好，讓他們在大海執行任務無後顧之憂，偶一接到他們自他國的來電或是明信片，都能一解思念，欣喜不已，期待他們完成任務，儘快返航。

　　這次疫情的發生並非敦睦支隊及海軍所願，我相信所有海軍官兵護衛海疆與對國家忠誠的決心，絕對不容懷疑，值此浪潮洶湧，前路未定的時刻，期盼大家一定要愛護為國家

執行任務的官兵，給他們多一點關懷與鼓勵，陪他們一起走過這段風雨飄搖的時刻。

等天氣好的時候，他們也健康了，再一起為保衛海疆，護衛國家而努力，我相信那樣的日子很快就會來的。

祝福 109 年執行敦睦遠航支隊任務的全體官兵健康平安，我們海軍所有人員凝聚向心，挺過難關。

「祈」望大家都幸「福」，平安健康永相隨～～

寫於 109 年的人間四月天

36年，我在海軍的美好時光

輪機長的憂喜歲月

之前看到被索馬利亞海盜釋放的漁船輪機長，歷劫返回國土的新聞，讓人既不捨又安慰，不捨的是經歷這麼長這麼恐怖的羈押，他的心裡應該很驚恐，令人安慰的是他經由人道救援還能重回這塊溫暖的土地上，我不自覺地眼中含淚合十向天感恩，雖然我和他並不相識，但看到國人能歷劫歸來，相信每個人都和我有同樣的心情。

看到這位輪機長的際遇，我才知道「行船走馬三分險」的道理，即使輪機長保持好船的動力，還是有其他潛藏的危險因子會發生，這件事也讓我的思緒推回到二十多年前，任職海軍某造船廠的先生，從事的是軍艦輪機後勤修護工作，那年他勇氣十足志願調任艦艇輪機長，相信他決定勇往直前、義無反顧，乘風破浪、捍衛海疆的主要理由，就是我的獨立自主與支持，才能讓他無後顧之憂地就任新職。

以前我不知道擔任輪機長職務有什麼風險，直到有些事件的發生，才知道原來這個工作不簡單，平時看到樂觀的先生與人聊天都在開玩笑，我還以為他的工作輕鬆沒壓力，某些事件發生後，他才跟我說：「其實我每天都戰戰兢兢的，開船前都指導輪機部門再三仔細檢查各部位裝備，依程序步驟要領做測試，確保裝備沒問題後，才敢執行出海巡弋海疆的任務，當任務結束，與人聊天，當然要以開懷的心情，這樣不但為自己釋壓，也不會帶給人壓力，何樂不為呢，而且我不喜歡把工作上的憂煩帶回家，回家的目的就是歡喜放鬆與凝聚親情而已。」

先生服役海軍時，曾任三艘軍艦的輪機長，有老舊陽字號的，也有新穎的康定級艦，不管何種艦型，不論風浪如

何，只要接獲任務，艦長一聲令下，大家就各就各位，凝聚向心，啟航往任務目標前進，航行期間，每個部門就其戰鬥位置部署，同舟共濟，不達目的絕不終止，軍艦航行海上時，輪機長負責的是維持船艦的動力，先生說他隨時都以「如臨深淵如履薄冰」的心情應對，不敢稍有懈怠，一直到執行任務完畢，停泊港口，緊繃的心才得以放下。

如今已退伍多年的他，再聊起海上歲月的林林總總，只有感恩與懷念，感恩海軍對他的培育，讓他有機會出國接艦，參與敦睦艦隊的出訪，開拓不一樣的視野，讓家庭生活平穩，另也懷念那曾經吃風喝浪，生活工作憂喜參半，官兵們情感卻凝聚的日子，這些都是他卸下軍服，回歸家庭後，最常津津樂道的回憶。

36年，我在海軍的美好時光

我可愛的同事們

　　我是軍中聘雇人員，已在海軍技術學校總務處從事人事行政工作逾三十年，由於軍職人員有職務歷練調動或是功成身退等原因，所以我們辦公室每隔一段時間就會更換一些新面孔，正如潮來潮往、日升月落、插秧收成的循環一般，這是必然會發生的事，我從以前相離不捨的心緒，逐年修改為樂觀其成，淡然處之的祝福。

　　現今的這批同事都是七年級生，和我相差二十歲以上，我常笑稱他們是搭同一艘船來的。原本認為他們和我相處會是有代溝的一群，但因為大家的個性開朗，相處和樂，共同處理許多業管的疑難雜症，團結一心，造就成一支向心力凝聚的堅強勁旅，不管接獲任何任務，大家都不會在一旁看熱鬧或是持以冷漠態度面對，而是一起參與想辦法解決難題，因此，工作效率高昂，上班氛圍美好。

　　宥運其實是個鬼怪靈精的暖男，但他的外表會讓初識的人有些誤解，誤以為他是個慢吞吞，反應慢，辦事效率不彰的人，他是要經過相處，深入了解，才會知道原來他是個聰明有趣、智慧好相處的年輕人。他默默工作、不是他業管的他會拿來做，做完也不會跟同事邀功，很多可能劍拔弩張的場面常因他的幾句幽默話語而化解，他不急不徐，但工作總能依限完成，他多做少言，但效率良好，是個能為主管分憂，為同事解勞的好手。

　　季蓁也是個實事求是的鬼靈精，不管是講話還是動作都超有戲，辦公室有她在，歡樂無比，她就像是一座冷暖器調節機一樣，冬天輸出暖氣，夏天送出冷氣，適時調節人與人之間的溫度，她的大而化、不拘小節以及工作與生活的分

享，都讓同事們會心一笑，心花朵朵開，遇挫折很快轉換心情，她的字典裡從沒出現過「困難」兩字，跟她在一起，最大的收獲是「對人生充滿希望」。

書吉人如其名，喜歡認真閱讀與用心生活，充滿書卷味的他，經過多年的工作歷練，已經成為一位可以獨當一面的參謀，不論是他業管的事還是主管交待的事，他都不敢懈怠，即使犧牲休假才能完成，他也在所不辭，「吉人自有吉事生」，現在的他已因能力受肯定而晉升至士官的最高階，但他仍不改從軍初衷，一本認真努力態度，為工作付出，有這樣的同事，真是辦公室之福。

俗稱「霖哥」的建霖，雖然階級不高，但在辦公室裡扮演的角色也是非常重要，他負責許多攸關個人權益的事，皆秉持「主動積極、服務至上」的態度為同仁們解決問題，樂觀不喜計較的他經常掛在口中的一句話就是「我來」，再怎麼大的事，他都處之泰然，幽默以對，是個讓人和他一起工作如沐春風，完全沒壓力的人。

惠玟則是個兼具美麗大方又聰慧的同事，她的階級雖低，歷練雖少，但她有顆願意努力學習的心，而且她待人態度良好，別人找她幫忙，在能力的範圍內她都會端出熱忱，熱心服務，時時掌握進度，直到他人問題解決為止，她是個個性開朗，純真樸實，待人真誠，處事認真的人，她說：「能夠有機會為他人付出，我才有存在的價值。」真是個讓人窩心的好同事。

我們還有一個重量級的超級鬼靈精靜佳，她是位尊重部屬、願意放手的年輕主管，最重要的是她接獲任務時，會懂得有效分配，也會適時地給部屬支持與鼓勵，有錯誤肇生時，她也會挺身而出護部屬，勇於承擔與負責，讓部屬都能服膺她的領導。另一方面她是個文采豐沛的詩人，每一篇詩

文都能感動人心，讓人在她的詩裡輕鬆悠遊，咀嚼回甘，是個讓人放心與喜愛的好主管。

　　這就是我現今辦公室裡可愛同事們的善行善狀，讓年過五十的我在他們的潛移默化與循循善誘中與時俱進，不會設地為限、故步自封，讓我能在不間斷的感恩湧泉中，為建立人生的價值而努力。

　　　　　　　本篇文章撰寫於 107 年的暖冬

還是想要當軍人

　　阿家和我是相識多年的同事，打從他十多年前進軍校讀書時，就認識在學校擔任行政人員的我，那時候看這些年幼的小毛頭，我只會覺得他們很可愛，也為他們投考軍校的精神讚賞，但平時的他們要上課，下課時我也下班了，所以無法與他們有進一步的認識，直到他們任職艦艇單位多年，學而優而後教，再回到學校擔任教職，我才和他們變得熟稔。

　　阿家調來學校擔任教職的期間忙碌不休，幾個月難得和他相見一次，和我見了面也是匆匆寒暄幾句就離開。那天他來找我是為了要參加一項職務甄選，我調閱他的資料查察，才知道原來阿家曾經在服役九年時辦理過退伍，現在已經再入營服役六年。

　　這件事讓我覺得很詭異，因為通常服役至接近請領退休俸的年限（服役滿二十年），是不會輕言退伍的，我直覺他當時會退伍一定有特殊的原因，於是我關懷地請問他：「之前是為了何事辦理退伍呢？那個時間點退伍實在很可惜呢。」，我覺得不捨而嘆息，但阿家聽到我的不捨，卻很認真地開始講述他那段不堪回首的過去。

　　他娓娓道出他退伍又再入營的故事，他說：「我服役到九年的時候，剛好我爸生病不良於行，那時候哥哥沒有收入對家庭不太有責任感，姐姐的工作無法請長假，家裡根本沒有人可以照顧爸爸，我心想唯一的辦法就是我辦理退伍，才能在家專心照顧老爸，就這樣一個孝順的念頭，我就辦了退伍回家當個全職的孝子，每天侍奉湯藥，照顧爸爸的生活起居，固定陪他到醫院診療等。」

　　我專注傾聽，點頭稱是，雖然對他的孝行予以肯定，心

36年，我在海軍的美好時光

裡卻覺得很無奈，只見他接著說：「這樣陪病的日子過了一年，當爸爸的狀況越來越好，又有一位和他認識多年的紅粉知己願意來照顧他時，剛好有同學來傳達軍中有釋出再入營的訊息，我才向爸爸提出我想要再入營當軍人的想法，這個想法也得到老爸的全力支持，現在的我才能站在這裡和妳說話。」

　　阿家說他退伍後的那段期間，他並沒有因為脫離了軍人的身分，就讓自己懶散下來，反而和從前的生活起居習慣雷同，每天早睡早起，作息正常，也會運動健身練體能，退伍後沒有固定收入，他量入為出，節能減碳，不做無謂的交際應酬，有空閒就整理家裡，或是看看書，讓自己不因照顧老爸而和社會脫節，有些在軍中結交的摯友，偶而也會來看看他，提供一些軍中的狀況與訊息，讓他跟軍中還有連結的管道。

　　那一次就是一位軍中的朋友來找他，跟他傳達海軍艦艇有申請再入營的訊息，並鼓勵他把握機會，再次從軍，那時剛好他爸爸的身體已好得差不多，於是在朋友的鼓吹之下，阿家就填寫了再入營申請書寄出，沒多久就接獲核准入營的命令，阿家收到這個命令如獲至寶，他萬萬沒想到，從自己手上失去的珍貴東西，竟然能再回到自己的手上來，他真的好高興也好珍惜這得來不易的機會。

　　從阿家對軍人這個職業的認同與誠摯堅定投入其間的言談中，「最想要當個頂天立地，為國家服務的軍人」的感覺表露無遺。我也為他能夠再次入營服役，結婚生子並擁有穩定的生活而歡喜不已，希望他能在他真心所屬的天地裡，發揮所長，為國軍的永續發展與保國衛民的工作上，善盡己力，將每項工作都做得盡善盡美，創造卓然有成的功績。

古道熱腸，熱血助人的他們

　　這天中午午休時間，大家剛用完餐不久，我就看到辦公室和我比鄰而坐的同事惠玟從包包裡拿出身分證，我問她「惠玟，大中午的，妳拿身分證要做什麼呢？」，她很自然毫不做作地回答我「因為捐血車來了，我要去捐血，需要帶證件」，這時坐在我前面的郁琦也拿了證件，準備一起去捐血，還有隔壁辦公室的重睿及枝旺都要一起去，當場我瞠目結舌，心裡很熱血。

　　由於我的血紅素一向偏低，從年輕到現在年逾半百只捐過兩次血，而且捐完之後眼冒金星，前方一片黑差點昏倒，所以即使我也想捐血救人，但因為身體因素影響，總是與這樣的義行無緣，這天聽到惠玟與郁琦這樣說，而且利用中午休息時間，實際付諸行動，我真的好感動。

　　雖然我不能捐血，但對這兩位年輕人的仁風義舉，古道熱腸，我讚嘆有加，並陪伴她們一起前往捐血車。在步行的路上，遇到另一位同事俞福，只是隨口邀約，沒想到看起來嚴肅的他，也跟著我們一起向捐血車的方向行進，我在捐血車裡，還看到在學校受訓的學員生，她們雖年輕但樂於助人的熱忱卻不落人後，看她們每個人認真而執著地完成各項檢查與面談，躺在每個捐血位置，當熱血從他們的血管裡流出的那一刻，這些捐血人在我眼中都化身成為美麗的天使。

36年，我在海軍的美好時光

有些人捐五百 cc，有些人捐兩百五十 cc，不管捐多少血，都是大家量力而為、無私奉獻、誠心正義的結果，即使那些經過面談後因為身體不適合無法捐血，失望落寞離開的同仁，我心裡也同樣為你們按讚，尤其在這個人說「世道冷漠」的社會氛圍裡，你們「內心擁有的熱血」更顯珍貴。

　　這就是海軍技術學校捐血日的日常，我最歡喜有感的一天。

凡事操之在我

看到許多同事，為了不重要的其他人事物，氣得七竅生煙，食不下嚥，我覺得這是最不值得的事。在職場上有很多事都必須要和別人有連結，遇到磁場相近者，必得事半功倍之效，但遇到的人若是相看兩厭，彼此有心結者，效率必然降低。

其實只要做事講求效率，懂得方法，又能有他人相助，要創造佳績並不困難，但是如果只求靠天靠人，就是把命運交給別人，不如提起精神，凡事靠自己，心態的正負將會影響結果的好壞。

以前老公剛到海軍艦艇任職時，每次一出港執行任務，就失去訊息也不知歸期，一開始要接受家庭型態的改變，實在很難調適，身為職業婦女又要身兼父職，照顧兩個年幼的小孩，身心俱疲的程度只有曾經經歷過的軍人之妻才懂得這樣的感覺。

那段時期，我曾因無助而哭泣，也曾因難以負載壓力而鬱悶，但時間是最好的療傷劑，沒多久，我慢慢習於沒有老公陪伴身邊的生活，家裡很多東西壞掉，我都學會獨力修復，我也學會了開車，凡事不必假手他人，載送兩個小孩去哪裡也都不是問題，在我身邊也有許多和我同樣情形的資深美女，大家互相支持與鼓勵，日子很快就過去。

不要對未知的前程害怕，而是要對自己的潛力與彈性有信心，當學會獨立自主，凡事操之在我，能循序漸進去面對及處理後，一切就盡在自己的掌握中了。

36年，我在海軍的美好時光

軍職轉警職的他

「一身是膽，勇敢果決，喜歡行俠仗義、熱忱助人，不論任何種職務，均能熱忱以對，熱血付出」這是許多朋友對警員薛田明的形容文句，尤其他近期在執行勤務時，主動積極，用心追查，幫一位失智流落公園的獨居老翁，完成轉介福利機構安置，其仁風義舉、愛民助民的事蹟經媒體披露，更深獲社會各界好評。

田明這個名字會讓我耳熟能詳，是因為同事季蓁，時不時就從她口中聽到這個名，久而久之，我才知道原來她口中的巨蟹座男田明就是她老公，他們的戀情始於海軍陸戰隊，學長照顧學妹是天經地義的事，他們一起參與演習、朝夕相處是讓感情快速升溫的導引線，交往一年，時機成熟就決定共組家庭，而田明也在軍職役期屆滿後轉換跑道考取警察。

「其實軍人的工作也很穩定，田明軍中資歷完整，前途正要大放光彩，怎麼會在他軍旅生涯正好時就卸甲從警呢？」我不解地問季蓁，她回以「田明是個很有想法的人，一旦他決定的事就無法更改，他覺得當警察能夠伸張正義，打擊犯罪，又能保護家人，保護國人，所以他在審慎思考後，做了軍轉警的決定，當他告知我時，了解他個性的我只能接受與支持」。

婚前婚後各不同，這是一個不爭的事實，婚前，為女友買什麼東西再遠都去買，婚後，老婆要買的東西即使再近都嫌遠，季蓁偶爾會在辦公室閒談時說嘴一下她老公，但本質上，她應該欣賞他比較多一些才對，因為她口中的他是個好爸爸、口直心快的正義使者，直來直往，不必猜測的兩人世界，才讓幸福快樂真實延續。

田明每每完成一項愛民、打擊犯罪任務，回到家看到貼心的老婆與可愛的女兒時，所有工作上受到的委屈與辛苦都煙消雲散，當臉書上看著他們家人，帶著女兒牙牙學語的幸福模樣，我知道軍職轉警職的他，已找到一片屬於自己的天空了。

心存感恩懷貴人

　　年逾六旬的先生和年過五十的我，和海軍結下的情緣都已數十年，先生前幾年受限服役制度，在年限內退伍，而擔任聘雇人員的我因適用勞基法，因此距離退休之齡尚有十年，雖然和先生服務的年限不同，但我們對海軍的感情都同樣比海還要深，一路走來，在海軍的同心圓裡，遇到許多無私幫助及支持我們的長官朋友貴人，不管他們後來調到哪裡，身處何方，那份點滴在心頭的感恩，永遠盪漾我們心中，時間越久甘甜滋味越濃。

　　記得民國 88 年，官階中校的先生，曾任兩艘康定級艦接艦官兵，時任艦隊司令的胡才貴中將用人唯才，拔擢不相識的先生調占上校職缺，那時我們聽聞這個訊息都很驚呀，覺得先生並不是胡中將帶出來的子弟兵，怎麼會極力保薦，後來經由朋友傳達才知道，胡中將是位不分親疏，用人唯才，以類型艦隊經驗者來為國舉才的將軍，他的大氣與無私，讓我們感恩至今。

　　再來要感恩的是曾任先生艦隊長的高廣圻將軍，他對先生的器重與支持，袍澤情深，是先生從以前服役時到現在退役後多年，經常在我面前津津樂道的事。高將軍給予部屬許多的尊重與空間，凡事都看大方向，對於新一代艦裝備有不明瞭處，亦能向曾任接艦官兵的部屬虛心請教，因此，單位呈現和諧與向心力，即使後來大家各自調職不同單位，那種同舟共濟，凝聚向心的感覺仍舊存在。

　　在海軍任職的單位裡，我也遇到許多好長官與好朋友，他們都在我成長的每個階段，給予指導與幫助，在遇到挫折與困難時，也能適時拉我一把，讓我能夠建立自信，樂觀未

來，職場走來，一路順遂，真的很感恩。

　　我把這些加諸在我們身上的福分與感恩，擴及到我的同事朋友，藉由適時伸出的援手，幫助別人度過難關，重見幸福，希望感恩生感恩，幸福的福田會因為大家的參與，越耕越寬廣。

國家圖書館出版品預行編目資料

36年，我在海軍的美好時光／洪金鳳著.
--初版.--臺中市：白象文化，2021.2
　　面；　公分
ISBN 978-986-5559-57-1（平裝）

863.55　　　　　　　　　　109020394

36年，我在海軍的美好時光

作　　者	洪金鳳
校　　對	洪金鳳
專案主編	黃麗穎
出版編印	吳適意、林榮威、林孟侃、陳逸儒、黃麗穎
設計創意	張禮南、何佳諠
經銷推廣	李莉吟、莊博亞、劉育姍、王堉瑞
經紀企劃	張輝潭、洪怡欣、徐錦淳、黃姿虹
營運管理	林金郎、曾千熏
發 行 人	張輝潭
出版發行	白象文化事業有限公司
	412台中市大里區科技路1號8樓之2（台中軟體園區）
	出版專線：（04）2496-5995　　傳真：（04）2496-9901
	401台中市東區和平街228巷44號（經銷部）
	購書專線：（04）2220-8589　　傳真：（04）2220-8505
印　　刷	基盛印刷工場
初版一刷	2021 年 2 月
定　　價	400 元

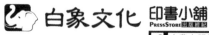